魔法学校の落ちこぼれ 2

ALPHA LIGHT

梨香
Rika

アルファライト文庫

主な登場人物
Main Characters
アンドリュー
シラス王国の国王の孫《まご》。
我《わ》が儘《まま》に振る舞うが根は真面目《まじめ》。
ウィニーに夢中となる。
ヘンドリック
魔法学校の校長。
生徒から尊敬される一方で、
いつもルーベンスに振り回される。
ルーベンス
王国唯一の上級魔法使い。
普段は魔法学校を
見下《みお》ろす塔《とう》で暮らし、
たまに吟遊詩人《ぎんゆうしじん》に扮《ふん》して
各地を放浪《ほうろう》する。
フィン
本編の主人公。
辺境《へんきょう》の貧しい農村に住むチビ少年。
魔法学校で少しずつ才能を
開花させる。

ゲーリック
国境付近の街に出没《しゅつぼつ》する
怪《あや》しい魔法使い。
シラス王国を守る防衛魔法の
弱体化を狙《ねら》う。
マイヤー夫人
魔法学校の寮母《りょうぼ》。
絶対に逆《さか》らってはいけない存在。
反抗すると天罰《てんばつ》が下る。
ウィニー
伝説の魔法使いアシュレイが遺《のこ》した
卵から生まれた竜。
親代わりのフィンに育てられる。
ファビアン
フィンの村を治《おさ》める領主の嫡男《ちゃくなん》。
魔法学校の高等科に飛び級を果たす。
騎士を志《こころざ》し努力を重《かさ》ねる。

一　悩《なや》む弟子《でし》見習いフィン

シラス王国の王都サリヴァンは冬至祭《とうじさい》を迎《むか》えた。

人々は家族揃《そろ》って食卓を囲み、これからの冬を健康で乗り越《こ》えられますように、と乾杯《かんぱい》する。

アシュレイ魔法学校の生徒達も、冬至祭を家族と過ごすため帰省《きせい》していった。

東北部のカリン村出身のフィンは、雪に閉ざされた故郷に帰省するのは最初から諦《あきら》めていた。

（去年の冬至祭は家族と過ごしたけど、家を追い出される恐怖で、楽しむどころじゃなかったな。魔法学校に合格したのかどうかも、まだ知らなかったし……）

思えば昨年は、雪の中を帰宅した兄達が、奉公先《ほうこうさき》でもらった冬至祭のお小遣《こづか》いで鶏肉《とりにく》を買って来てくれた。

貧《まず》しくて、日頃は野菜や豆などしか食べられない家族にとって、鶏肉はご馳走《ちそう》だった。

しかし妹達は、意地悪《いじわる》なゲイル伯父《おじ》の家で暮らすことになるかもしれないという恐怖に怯《おび》え、少ししか喉《のど》を通らなかったのだ。

冬至祭当日。そろそろ時間だと自分を叱咤《しった》し、フィンは洗濯《せんたく》したての白いチュニックに着替えて、少し憂鬱《ゆううつ》になって寮《りょう》の部屋を出た。

「魔法学校に入学できたお陰《かげ》で家族は税金は免除《めんじょ》され、家に住み続けられている。そうやってお世話になっているレオナール卿《きょう》からの招待を断《ことわ》るなんてできないさ！」

生徒達がいないので、魔法学校の回廊《かいろう》もシーンと静まり返っている。

ふと、冬の夕空に高く聳《そび》えるルーベンスの塔《とう》が目に入り、フィンは遅《おそ》まきながら気づいた。

「ファビアンから話を聞いた時に、師匠《ししょう》と過ごすからと断れば良かったんだ。これなら失礼にならないよな……来年からはそうしよう！」

領主であるレオナール卿や若君《わかぎみ》のファビアンとは、何度も会っているから緊張《きんちょう》はしない。

問題は、晩餐会《ばんさんかい》でレオナール卿夫人やファビアンの姉とテーブルを囲むことだ。

貴婦人との同席は、魔法学校に入学した日にマリアン達と揉《も》めたのがトラウマになって気が重い。

しかも貧しい家庭で育ったフィンは晩餐会など未経験。テーブルマナーを本で調《しら》べたのだが、付け焼刃《やきば》なので自信はなかった。

レオナール卿主催《しゅさい》の冬至祭の晩餐会では、フィンが食べたことも無いご馳走《ちそう》が出た。

しかし、着飾《きかざ》ったレオナール卿夫人やファビアンの姉達との同席がやはり窮屈《きゅうくつ》に感じられて、折角《せっかく》の料理の味もわからない。

ファビアンの姉の夫達も、家族団欒《だんらん》の場に紛《まぎ》れ込んだフィンに困惑していた。

座持ちの良いレオナール卿夫人やその娘達が、冬至祭に相応《ふさわ》しい話題で場を盛《も》り上げるなか、フィンは黙《だま》って食べるのに集中する。

晩餐会が終わると女性達は席を立ち、男性ばかりがテーブルに残った。

大人が食後の酒や葉巻《はまき》を楽しむ一方、ファビアンはフィンと、自分の祖先《そせん》についてや、ルーベンスの弟子《でし》見習いの様子について話したいと思っていた。

「レオナール卿、冬至祭の晩餐会にお招《まね》きくださり、ありがとうございました。俺はこれで失礼します」

ペコリと頭を下げたフィンが、寮に帰ろうと部屋を出ていくので、ファビアンは寮まで送ると言って席を立った。

「ファビアン様、わざわざ送ってくださらなくても大丈夫ですよ」

外套《がいとう》代わりの白いチュニックを玄関ホールで着ながら、フィンは遠慮《えんりょ》した。

「いや、外の空気が吸いたいのだ。それに退屈な話には飽《あ》きたのだ」

ファビアンの姉やその夫達が、傲慢《ごうまん》な性格のアレックスと雰囲気《ふんいき》が似ていると感じていたフィンは苦笑《くしょう》する。

アシュレイ魔法学校に入学して、貴族には大きく分けて二種類いることがフィンにもわかってきた。

名門貴族とか地方貴族の区別や、詳《くわ》しい財務《ざいむ》状況はわからないが、国のために尽《つ》くしている貴族と、贅沢《ぜいたく》な暮らしをすることしか考えてない貴族が存在するのだ。

冬至祭のサリヴァンの街は、家族で祝《いわ》ったり、酒場で騒《さわ》いだりする様子が見られ、いつもより少し浮かれた雰囲気だ。

寒い街を寮まで歩きながら、ファビアンが語る。

「私はあの桜の木の下に眠《ねむ》っているのがアレンだとは知らなかったが、住民台帳で彼のことを調べた。初代レオナール卿が戦争の功績《こうせき》で領地を賜《たまわ》った後で、アレンは領民になっている。そして彼の娘レティシィアが初代レオナール卿に嫁《とつ》いでから、我《わ》が家には魔法使いが生まれるようになったのだ」

フィンはレオナール家サイドからの見方を、ふ～んと興味深く聞いた。

「フィンの祖先は、魔法学校に行かないのに治療師《ちりょうし》が多いことも、帳面《ちょうめん》を調べてわかった」

だから、あの森に近い土地でも代々食べていけていたんだとフィンは考える。

「俺のお父さんやお祖母ちゃんは治療師じゃなかったし、お祖父《じい》ちゃんとお父さんは早く死んじゃったから、家は貧乏《びんぼう》なんだよね。だから俺は治療師になって、カリン村に帰るつもりだったけど……」

呑気《のんき》なフィンだったが、数ケ月ルーベンスの元で修業《しゅぎょう》しているうちに、自分をカリン村の治療師にするために師匠が弟子見習いにしたのでは無いとは気づいていた。

「ねぇ、ファビアン様、俺がカリン村の治療師にならないと村人も困るし、税金を免税《めんぜい》してもらっているのに駄目《だめ》なんじゃないかな？」

ファビアンは上級魔法使いのルーベンスの弟子見習いになった時点で、フィンがカリン村に帰ることは無いとわかっていたので、今更《いまさら》何を気にしているのかと呆《あき》れた。

「全く呑気だなぁ、そんなの気にしなくて良いさ。領地に治療師がいないのは問題だが、それはフィンが考えることじゃない」

そう言われても、夏休みに帰省していた時に村人から期待が込もった声を掛けられたことを思い出してしまう。

「冬休みの間に俺は勉強の予習をしておくつもりだったけど、師匠と少し相談してみなきゃいけないな……」

ルーベンスは春に桜が咲《さ》いた頃、もう一度カリン村を訪ねたいと話していた。

どうせ吟遊詩人《ぎんゆうしじん》としてののんびりした旅になると思い、フィンはこの前みたいに宿題を片づけるのに苦労しないよう、予習しておこうと考えたのだ。

「勉強面なら教えてあげられるよ」

ファビアンはルーベンスが高齢なのを心配していて、フィンはできるだけルーベンスの側《そば》で学ぶべきだと考えていた。本当は、勉強などは後回しでも構わないと思う。

しかしフィンが「落ちこぼれ」と揶揄《やゆ》されるのにはカチンときていたので、ちゃっちゃと勉強を済ませば良いと提案したのだ。

「でも、冬休みなのに……」

「冬休みで暇《ひま》にしているから、勉強を見てやれるのだ。それに飛び級して高等科に入るので、私も予習する必要があるからな」

フィンは、ファビアンが飛び級したのかと驚《おどろ》いた。

夏休み前にファビアンの春学期の成績表を見て、レオナール卿が叱責《しっせき》したのを思い出したからだ。フィンの驚く顔を見て、チェッとバツの悪い顔になる。

「言っておくが、父上に叱《しか》られたのは授業態度がなってないとヤン教授が報告したからだ。成績自体は問題なかったし、秋学期は遅刻《ちこく》や無断欠席しなかったから、飛び級できたのだ。これであと三年したら、ノースフォーク騎士団に入団できる」

へぇ～、賢《かしこ》いんだぁと尊敬《そんけい》の眼差《まなざ》しを送るフィンに、自分は筋肉馬鹿だと思われていたのかとファビアンはガックリする。

「ファビアン様が予習する必要があるのなら、俺の勉強を見てもらってもよろしいですか？」

「だから、初めから見てやると言っているじゃないか。それと、様付けは止めてくれ。アシュレイ魔法学校では身分は関係ない。自治会長のカインズだって様付けで呼ばれてないだろ」

確かに、伯爵《はくしゃく》家のカインズ自治会長にも誰も様付けはしていない。せいぜい下級生が自治会長と呼ぶ程度だ。

「でも、俺にとっては領主の若様だから……けじめがあるし」

「なら、領地では勝手に呼べば良いけど、魔法学校では駄目だ。私が偉《えら》そうにしているように誤解《ごかい》させたいのか？」

実際に偉そうな態度だとフィンは思ったが、馬鹿な貴族とは違うとも知っていた。

「わかりました」

フィンが納得したのでファビアンは満足そうに頷《うなず》く。

その様子は整《ととの》った容姿《ようし》のせいもあり、やはり偉そうに見えて、フィンはクスリと笑ってしまった。

フィンは冬休みの間、午前中はファビアンと勉強し、時々は身体《からだ》を動かせと言われて、剣の稽古《けいこ》をして過ごした。

朝に弱い師匠が起きた午後は、側で魔法の技を教えてもらう予定だったが、こちらは相《あい》変《か》わらず吟遊詩人の弟子になったのかとフィンを嘆《なげ》かせる結果になった。

「使者パロマの魔唄《まがうた》もどきを、私が教えたと思われたら心外《しんがい》じゃ。きちんと竪琴《たてごと》を奏《かな》でられるようになりなさい」

冬の寒い時期なので、塔の暖炉《だんろ》にも火がおこされている。

パチパチと陽気《ようき》な音がする薪《まき》すら恨《うら》めしく眺《なが》めながら、フィンは竪琴の練習をする。

冬休みの間にフィンは関節痛だけでなく、二日酔《よ》いや気管支炎《きかんしえん》の治療の技も腕を上げたが、これで修業になっているのか甚《はなは》だ疑問だ。

しかし、ルーベンスと暖炉でマシュマロを焼いたりお茶を飲んだりして過ごす時間に、フィンは歴史や政治について授業で習う真《ま》っ直《す》ぐな見方だけでなく、裏の事情や、斜《なな》めからのシニカルな意見を聞いていた。

上級魔法使いの弟子見習いとしてのフィンの修業は少しずつ進んでいたのだが、フィンとしてはもう一つピンとこないまま冬休みを終えようとしていた。

「せめて、移動魔法ぐらい教えてもらいたいなぁ。ベーリングさんに教えてもらっただけだもの」

フィンは師匠には内緒で、何回か家に手紙を魔法で移動させていた。

しかし、雪に閉ざされたカリン村から返事が来ることもなく、ちゃんと着いたかどうかもわからない。

引き出しの中にある冬至祭のプレゼントと、毎月もらっている給金を貯《た》めて入れている革袋をじっと見つめて、師匠に魔法移動で送れないか尋《たず》ねることにした。

「年が明けたら、マイク兄ちゃんは年季奉公《ねんきぼうこう》が終わる。このお金があれば、手先の器用さを生《い》かして親方の弟子になれる」

春にカリン村を訪ねる時に渡そうと貯めている給金や、冬至祭に間に合わなかったので、雪解《ゆきど》けして定期便が復活したら送ろうと引き出しに入れているプレゼントを持って、ルーベンスの塔を登る。

冬場のルーベンスは本当に調子が悪い。

年齢からくる関節痛と、長年の飲酒や喫煙《きつえん》からの気管支炎などに加えて、アシュレイが国境線に掛けた防衛魔法を維持するのが身体に応《こた》えるのだ。

冬だから北の国境線の防衛魔法を解いても良いとは思うのだが、一旦《いったん》解《と》いてしまったら掛け直せるかルーベンスには自信がない。

「私も年を取ったものだ……若い頃に師匠から防衛魔法を引き継《つ》いだ時は、これほど負担《ふたん》には感じなかったのだが……」

せめてフィンが十五歳になり、身体も成長してから、防衛魔法を少しずつ肩代わりしてもらおうとルーベンスは考えていた。身体が成長するまでは、負担になる魔法を教えるつもりは無かったのだ。

ただ、冬になり自分の体力がこれほど落ちているのに愕然《がくぜん》とした。

フィンは落ち着きがないので、気儘《きまま》で体力のない自分が教えるのは無理ではないか、とルーベンスは溜《た》め息をつく。

「何故《なぜ》、ああも落ち着きが無いのか……魔法の技など習わなくても、物の本質を見極《みきわ》める目を持てば良いだけなのに……」

師匠として問題のあるルーベンスなりに、フィンの指導に悩《なや》んでいた。特に魔法の技を習いたくて仕方が無いウズウズした目に見つめられると、困惑してしまうのだ。

「何故、アシュレイ魔法学校の初等科は魔法学の授業時間が少ないのか、フィンは考えないのか……心身が未熟な生徒が魔法の技を学び過ぎるのを防いでいるのに……あのチビ助は考えたことも無いのだろうなぁ」

懇々《こんこん》と説教しなくてはいけないのかと、教育者としての素質を持たないルーベンスは嫌《いや》気《け》がさす。

ふと綺麗《きれい》に掃除された壁沿《かべぞ》いの書棚《しょだな》を見て、よっこらせと立ち上がる。ブックエンドのように、楕円《だえん》形の石が置いてあった。

「おや、こんな所にあったのか……」

ルーベンスは石を手に取って、愛《いと》おしそうに撫でる。

「これは師匠からもらった物だが、フィンに譲《ゆず》ってやろう。少しは落ち着くかもしれない。それに私に魔法の技を教えろとせっつくのを、一寸《ちょっと》の間は忘れるかもしれないからな」

しめしめとルーベンスはほくそ笑《え》んで、石をマントの袖《そで》で包んだ。

「師匠？　起きていますか？」

タイミング良くフィンが顔を見せる。しかし結局冬休みは、フィンの思惑《おもわく》ともルーベンスの思惑とも異なるものになった。

二　竜の卵？

新年を家で過ごした生徒達が少しずつ寮に帰って来て、冬休みが終わりに近づいたのだとフィンは感じる。

それと同時に、新入生達が着慣れない新しい白いチュニック姿で、自治会のメンバーに世話されているのがちらほら目に入り、自分も二年に進級したのだと実感した。

フィンは、プレゼントと給金を結局は机の引き出しに置いたままだ。

あの日、師匠に移動魔法を教えてもらおうと塔に登ったのだが、キッパリと拒否《きょひ》された。がっかりしたフィンに、身体の負担になるとルーベンスは説明してくれたが、あまり納得できなかった。

「では、この竜の卵に魔力を注《そそ》いで、竜を孵《かえ》すことが出来たら、技を教えてあげよう。お風呂と武術訓練の時以外は、肌身離《はだみはな》さず持ち歩いて魔力を注《そそ》ぐのだぞ」

フィンは手渡された楕円形の石を困惑して見つめた。

「これが竜の卵なのですか？　石にしか見えませんけど……」

不審《ふしん》そうなフィンにルーベンスは、自分は師匠のトラビスに言われたら信じたのに、と憤懣《ふんまん》やるかたなく思い、上級魔法使いの言葉を信じないのか、と怒鳴《どな》りつけた。

それからフィンは青灰色の石を常に持ち歩いている。

ちょうどチュニックのポケットに入る大きさなので、持ち歩くのに不便は無いが、どうしても石にしか思えない。時々、手に持って魔力を注ごうとするのだが、そのやり方もわからず見つめるだけだった。

朝食を食べ終わり、ファビアンと勉強しようと図書館に来た時、ポケットの中の卵が座った拍子《ひょうし》に机の脚にぶつかって、ゴツンと音を立てた。

取り出して傷が無いかと調べるフィン。

「おや？　何をしているのだ？」

なんとも気の早いファビアンが、新調《しんちょう》した青色のマント姿で図書館に来て声を掛けてきた。

「あっ、青色のマントだぁ～！　良いなぁ、チュニックって子供っぽいもの……」

初等科の生徒の中でも小柄なフィンが愚痴《ぐち》るのを、まぁまぁと少し自慢げに慰《なぐさ》めて、ファビアンは本題の石の説明を聞く。

「師匠ったら、この竜の卵に魔力を注いで孵せたら、魔法の技を教えてやると言うんだよ。でも、俺には石にしか見えないし、石に魔力を注ぐってどうすれば良いのかもわからない」

ファビアンはフィンから竜の卵らしい石を受け取って、真剣に眺めた。しかし結局は首を捻《ひね》って返す。

「私は元々土の魔力体系は苦手《にがて》なので、魔力を注ぐやり方はわからないよ。でも、ルーベンス様はフィンの師匠なのだから、やり方を教えてもらえば良いのでは？」

なるほど！　とフィンは席を立ちかけるが、こんな朝早くから師匠は起きていないと、落胆《らくたん》してボスンと座り直した。

「その落ち着きの無さを、矯正《きょうせい》しようとされているのではないのかな？」

ファビアンに笑われて、そんなに落ち着きが無いかなと膨《ふく》れたが、「その顔は……！」とまた笑われてしまう。

「魔法は精神統一が大事だから、卵に魔力を注ぐことで身に付けさせようとされているのだよ。あと、体力も大事だよ」

ある意味ではファビアンの方が、ルーベンスより指導者の素質に恵まれている。高等科に飛び級できて、あと三年で騎士団に入団できる目星のついたファビアンは上機嫌だった。

休日や暇な時間は武術訓練をしようと考えていたが、騎士として国を護《まも》るには政治情勢の分析力も必要だと勉強に励《はげ》む。

特にノースフォーク騎士団は北の国々の情勢を調査するのも役割なので、他国の歴史や文化も深く勉強しなくてはと、熱心に本を読んでいた。

フィンはそういった各国の裏事情などを、ルーベンスから世間話の一環《いっかん》として聞いていた。

「ファビアン？　その本で何を勉強しているの？」

少し勉強疲れしたフィンは、ふと目を上げた時に、ファビアンが眉根《まゆね》を寄せて本を読んでいるのに気づいた。

「ああ、この本は引退した外交官がカザフ王国の野望について書いた本なのだ。今から十年も前に発行されていたのに、誰もこの警告《けいこく》に耳を傾《かたむ》けなかったのだなと思うと……」

ノースフォーク騎士団はカザフ王国との国境を護っている訳じゃ無いのに、とフィンは首を傾《かし》げたが、そこでルーベンスの言葉を思い出す。

「あっ、カザフ王国の王女がサリン王国に嫁《とつ》いで、バルド王国を挟《はさ》み撃《う》ちにしようと画策《かくさく》しているから。

北の国境線上で戦乱になると思って勉強しているの？」

ファビアンは、カザフ王国とサリン王国が婚姻《こんいん》で手を結《むす》ぶなど知らなかったので、顔色を変えた。

「大変だ、バルド王国をカザフ王国とサリン王国で分割《ぶんかつ》したら、ノースフォーク騎士団はカザフ王国と向き合うことになる。それにカザフ王国はきっとサリン王国も手に入れるつもりだ」

フィンは訳がわからず首を捻る。

「ええっと、カザフ王国の王女がサリン王国に嫁ぐんだよ。サリン王国の王女が嫁ぐのなら、持参金《じさんきん》として一部の地区を分譲《ぶんじょう》しろとか言う場合があると歴史で習ったけど……」

首を傾げるフィンに、ファビアンが、この本に婚姻で領土を広げるカザフ王国のやり口が書いてある、と説明する。

「カザフ王国は旧帝国を復興《ふっこう》させたいのだ。あまりに巨大になりすぎて、支配者は自分達の権力闘争や陰謀《いんぼう》ばかりに熱中し、政治を腐敗《ふはい》させて旧帝国は滅びたというのにね。カザフ王国は次々と王女を嫁がせては、次の世継《よつ》ぎを生ませて諸国を傘下《さんか》に置いている。もちろん、自国にも他国の王女を娶《めと》り、本国の相続権《そうぞくけん》を主張して攻《せ》め込んだりもする」

この本が出る前から、カザフ王国は周りの小国をそうして吸収していたのだが、ここ十年は露骨《ろこつ》だとファビアンは顔を曇《くも》らせた。

「他の支配された国の人達は反乱とか起こさないの？」

そんなに次々と国を支配していたら大変だろうと、フィンは不思議に思う。

「そこがカザフ王国の狡《ずる》い所なのだ。先に支配した国を、次に支配した国の占領統治者《せんりょうとうちしゃ》にするのさ。国王は退位させられるし、時には戦争中に殺されたりする。貴族も反抗する者は処刑《しょけい》されるが、一応はカザフ王国の王女が生んだ王子が即位するし、占領を受け入れた貴族は他国の支配者になれるのだ」

フィンはカザフ王国とはお付き合いしたくないな、と顔をしかめた。

まだ子供のフィンには難《むずか》しい話だったかとファビアンは思ったが、いや、既《すで》にカザフ王国とサリン王国の婚姻関係を知っていたと考え直す。

ルーベンスが少しずつ、フィンを教育しているのにファビアンは気づいた。

午前中は真面目《まじめ》に勉強したフィンだが、パック達が寮に帰って来たのを見つけておしゃべりをし、ルーベンスの塔に行くのが遅れた。

「関節が痛いのに、フィンは何をしているのだ？」

霙《みぞれ》のせいで、ずきずきと膝が痛むと自分で治療の技を掛けたが、いまいち効き目が悪く不機嫌でルーベンスは待っていた。

フィンを呼び寄せようと、常に持っている竜の卵を媒介《ばいかい》にして『すぐ塔に来い！』と伝える。

ルーベンスはフィンと同じように、トラビスの弟子になった際に、気儘な性格を治すよ

うに と竜の卵を渡され数年持ち歩いたので、卵には絆《きずな》を感じている。

フィンはパックやラッセルと冬休みの出来事を話していたが、ポケットの中の竜の卵が急に熱くなった気がして取り出した。

「げっ！　師匠がすぐに塔に来るようにと言っている気がする」

落ち着かせるために竜の卵を渡したのに、余計にあたふた慌《あわ》てさせてしまったと、関節痛の治療の技を掛けてもらって痛みが引いたルーベンスは少し反省した。

友達と冬休みの話をしていたと聞いて、このフィンは実家にも帰らなかったのだと、可《か》哀想《わいそう》に思ったのだ。

「何か一つ、要望《ようぼう》に答えてやろう」

ルーベンスは、フィンが家族に買ったプレゼントを移動魔法で送ってやっても良い、と提案する。しかし竜の卵に魔力を注ぐ方法を教えてと頼《たの》まれて、ヤレヤレ、やはり腰を据《す》えて指導しなくちゃいけないな、と溜め息をついた。

三　師匠も楽じゃない

フィンは春学期が始まって、毎朝ずっと竜の卵に魔力を注ぎ込むのが日課になっていた。

灰青色の楕円の石を手に取って、習った呼吸方法を続けながら、竜の姿を思い浮かべる。

師匠に竜の卵へ魔力を注ぐやり方を習ったが、どうもフィンには石にしか思えず、卵が孵りそうにない。

「竜の姿って言われても……」

大きな溜め息をついて、竜の卵をチュニックのポケットにしまい、今朝《けさ》の訓練はおしまいにした。

どうにもフィンには竜の卵に魔力を注ぐという訓練が、馬鹿げたことにしか思えない。

「師匠も、トラビス師匠からこの石をもらって、魔力を注いだんだよね～。ということは、俺よりずっと魔力の強い師匠がやって孵らなかったから、この竜の卵はここにあるわけだろ……無理じゃない？」

師匠が魔法の技を教えるのが面倒くさいから、こんな竜の卵を孵せという無理難題《むりなんだい》を出したのだと憤懣やるかたない。

第二学年になり、フィンは学習面で優等生とは言えないまでも、落ちこぼれと呼ばれることは無くなった。

なかなか寮に戻って来なかったので、自主退学したのかと思われていたアレックス達も、級長のラッセルに詫《わ》びを入れて復学《ふくがく》し、前よりも大人しくしている。

ラッセルを物置に閉じ込めた件で親に叱られ、悪口を言っていたフィンが上級魔法使いの弟子見習いと親に知られて、仲良くするように諭《さと》されたからだ。

仲良くする気は無さそうな態度だが、ちょっかいを出すことも無くなったので、フィンの学校生活は楽になった。

そしてフィオナとエリザベスは、相変わらずアレックス達とつるんで勉強をサボっているマリアンやアンジェリークとは、別行動をすることが多くなった。

級長のラッセルやラルフやパックなどに、フィオナとエリザベスが加わって、一緒に食事を取ったりする。

フィンは昼食を食べながら、昼からの師匠との魔法学の授業で、この竜の卵はただの石で、魔力を注いでも意味が無いのではと、問い質《ただ》そうと決意していた。

二学年になってから師匠にあれこれ魔法の技を習っていると友達から聞き、羨《うらや》ましくて堪《たま》らなくなったのだ。

特にフィオナは土の魔法体系で、少しの間同じ教授から習っていた。次々と新しい技を教えてもらっていると聞くと、フィンは怠《なま》け者の師匠を恨みたくなる。

二学年になって、魔法学は朝一ではなく、昼一に変わったのに、ルーベンスはキチンと起きていることは少ない。

同じテーブルで食べている仲間から、上級魔法使いにどのような高度の技を習っているのだろうかという好奇心に満ちた視線を感じるが、フィンは関節痛や気管支炎の治療の技しか習っていないので、口を噤《つぐ》んだままだ。

今のフィンの一番の不満は、師匠が竜の卵を押し付けたまま、魔法の技を教えてくれないことだった。

昼食の席を早めに立って、竜の卵は石にすぎない、師匠が孵せなかったのがその証拠《しょうこ》だ、と抗議《こうぎ》して、今日こそ真っ当な魔法学の授業をしてもらおうと、ルーベンスの塔に急ぐ。

その日、ルーベンスは珍《めずら》しく朝から起きていた。

「どうも、フィンは竜の卵では落ち着きそうにないなぁ……私を信用していないから、石にしか思えないのだろう」

自分が指導者として問題を抱《かか》えていることにやっと気づいて、どうしたものかと悩んでいた。よっこらせ、と自分の寝室にしている階から一階上の師匠の部屋へと久しぶりに登る。

そこは乱雑《らんざつ》なルーベンスの部屋と違い、キチンと片付けてあった。自分の部屋や書斎《しょさい》には無頓着《むとんちゃく》なのに、ここは埃《ほこり》が付かないよう定期的に掃除しているのだ。

壁沿いの書棚は、トラビスらしくキチンと系統立てて本が並べてある。その書棚にも竜の卵が何個か置いてあるのを、久しぶりに手に取って懐《なつ》かしそうに眺めるルーベンス。

「やんちゃ坊主で気儘な私に、トラビス師匠はあの竜の卵を渡してくれたのだ。私は夢中になって、魔力を注いだものだが……」

塔の扉が開けられ、下からフィンが憤懣やるかたない様子で登って来るのに気づいて、ソッと竜の卵を書棚に戻して、よっこらせと下の階へと降りていく。

「師匠～！　起きてください」

階段を駆《か》け上ったフィンは書斎にルーベンスの姿が無いので、寝ているのかなと声を掛けた。

「とっくに、起きておるわい」

ぶつぶつ文句を言いながら降りてくる師匠に、ポケットから竜の卵を取り出して突きつける。

「師匠も、この竜の卵に魔力を注いで、孵らなかったんですよね」

ルーベンスは、フィンが自分より早く気づいたと苦笑する。

若き日の自分は夢中になって竜を孵そうと魔力を注ぎ続け、一ヶ月経《た》ってから師匠に問い質したのだと思い出す。

「この竜の卵はトラビス師匠がアシュレイからもらったものなのだ。アシュレイはサリヴァンを去る前に、弟子達に一つずつ竜の卵を渡した。私の師匠はアシュレイの最後の弟子で、あまり長い間は修業させてもらえなかったが、もらったこの竜の卵をとても大事にしていた」

フィンは、手の中の竜の卵はアシュレイが見つけたものなのかと驚いた。

「へぇ～、あの伝説のアシュレイがこの竜の卵を見つけたのかぁ……あれッ！　ってことは、師匠の師匠も竜の卵を孵せなかったんじゃないですか！」

酷《ひど》い！　と怒るフィンに、ルーベンスは長い物語を聞かせてやるから座れと諭す。

ルーベンスは竪琴を奏でながら、アシュレイと竜の物語を語った。

「遥《はる》かなる昔、アシュレイは年老《としお》いた竜と出会いけり。竜は自分の命が無くなるのを悟《さと》りて、アシュレイに自分の魔力を授ける代わりに卵に魔力を注いで孵してくれるように頼みけり」

フィンは何故竜がアシュレイに魔力を授《さず》ける代わりに自分で卵を孵さないのかと質問しかけて、ルーベンスに睨《にら》まれる。

「年老いた竜に卵を孵す時は無く、アシュレイは竜から膨大《ぼうだい》な魔力を授けられし。家に竜の卵を持ちて帰りけり」

フィンは師匠の奏でる竪琴と、語り口に聞きほれているうちに、青年が竜の卵を何個か大事そうに抱えて家に帰る姿が浮かんで見えた。

「アシュレイはサリヴァンを去りし時、弟子達に竜の卵を一つずつ与えけり」

アシュレイが弟子達に竜の卵を渡す風景が見え、この竜の卵に魔力を注ぎ続けるようにと伝えているのを聞いた。

「え〜？　でも、師匠は書棚に置きっぱなしだったじゃない」

フィンが叫んだ途端《とたん》に、アシュレイやその弟子達の姿は消えた。

「私も百年は魔力を注いだのだ。まぁ、この数年は忘れていたがな……という訳で、この竜の卵に魔力を注ぐのはアシュレイの弟子、その孫弟子、そして曾《ひ》孫弟子見習いの義務なのだ」

納得したような、してないようなフィンの顔を眺めて、お前は特に竜との約束を守らなくてはいけない理由があるとルーベンスは思った。

それからフィンは、何故、竜は自分で魔力を注いで卵を孵さなかったのか？　アシュレイはどこで竜と会ったのか？　何個あるのか？　と矢継《やつ》ぎ早《ばや》に質問した。

「私も師匠に質問したが、アシュレイは凄《すご》くいい加減な性格だったので、弟子全員に適当な話をしたのだ。だから、全くわからないのだ。ただ、あのアシュレイの人間ばなれした魔力を身近で見た師匠は、竜から魔力を授けられたという嘘《うそ》みたいな話を信じておられた。私は師匠を信じていたから、竜の卵も信じたのだ」

本当にこのフィンの祖先は偉大《いだい》だけど、いい加減だったと恨みたくなるルーベンスだ。

このアシュレイ魔法学校も、ほとんどは弟子達が苦労して作り上げたのだ。

師匠からアシュレイのいい加減な教え方を聞いたことのあるルーベンスは、自分がとても真面目にフィンを指導している気分になった。

『アシュレイ様は教えるのが下手《へた》だった。口数が少なく、見て覚えろとしか言われないのだ。兄弟子が指導してくれなければ、私は畑を耕《たがや》して手にマメを作っただけだったろう』

師匠トラビスの愚痴を思い出し、自分はマシだと胸を張る。

四　新入生騒動

フィンはルーベンスに説得されて、竜の卵に魔力を注ぐ訓練を続けることにした。凄くあやふやでいい加減な話だと思ったが、ルーベンスやその師匠が竜の卵だと信じたのなら、自分も信じて魔力を注ごうと思った。

しかし、それと魔力の技を教えてもらうこととは話が別だ。

「明日からは、キチンと魔力学の授業をしてもらおう！」

昼からの魔力学の授業を終えてルーベンスの塔を出て寮に向かいながら、フィンはぶつぶつ言って交渉《こうしょう》の仕方を考えていた。

「酷《ひど》～い！　何をするのだ」

寮に着いた時、わ～わ～と騒ぐ新入生と、それを諌《いさ》める自治会のメンバーの声が聞こえた。

昼からの授業が終わった初等科の生徒達は、中庭に放り出された荷物と騒ぎ立てている新入生をチラリと見ては、毎年の恒例《こうれい》だと肩を竦《すく》める。

「パック、何があったの？」

フィンの質問に、ああ！　とパックは、この友人は入学式から数ヶ月も遅れて来たのだと思い出す。

「毎年何人か、部屋を片付けなかったり、掃除しなかったりした新入生が荷物を外に捨てられるんだ。アレックス達も捨てられたよ。一度捨てられたら、心を入れ替えて部屋をキチンとするようになるんだ」

ふ〜んと、自治会のメンバーに食《く》ってかかる、真っ白なチュニックを着た新入生の後ろ姿を見ながら、フィンは自習室へ向かった。

マイヤー夫人に逆《さか》らっても無駄だと、すぐに気づくだろうと思っていた。

しかしこの新入生は懲《こ》りなかった。

次の日も師匠を説得できず、春にカリン村へ旅行するまでに竪琴の伴奏《ばんそう》ができるようにと練習させられて腐《くさ》っていたフィンは、寮の騒動に驚いた。

今回は、自治会長のカインズが直接、指導に出ている。

「アンドリュー、寮の規則に従《したが》いなさい」

中庭に散《ち》らばった荷物を部屋に運び、キチンと片付けるようにと命令したが、フンとふてくされて拾おうとしなかった。

新入生の級長がアンドリューの代わりに拾いかけるのを、カインズが制する。

「ユリアン！　本人にさせなくてはいけない。アンドリューが拾うのを手伝うのは良いが、君がするのは間違いだ」

毎年恒例の騒動だとスルーしていた生徒達も、今回は少し違うと野次馬《やじうま》が増えていく。それと新自治会長のカインズがこの騒動をどう治めるのかと、興味津々《しんしん》なのだ。

「拙《まず》いなぁ、野次馬が増えると、意固地《いこじ》になってしまう」

ラッセルが、芝生《しばふ》の上の荷物を拾おうとしないでふてくされているアンドリューを心配そうに見ているのを、フィンは不思議に思った。

「知り合いなの？」

優等生のラッセルとはタイプが違い過ぎるとフィンは驚く。

「ええ〜と、母方の従兄弟《いとこ》になるかな……」

歯切れの悪い返事に、フィンは首を傾げる。

「へぇ〜、アンドリュー殿下《でんか》と従兄弟なのかぁ。ラッセルって本当に名門貴族なんだなぁ」

パックの言葉にフィンは驚いた。

「ええっ〜！　あの駄々《だだ》っ子《こ》が殿下なの？」

ラッセルは苦笑して、まぁ王宮では侍従《じじゅう》が何人もお世話していたからねぇ、と肩を竦める。

「アンドリュー殿下は、マキシム王の孫にあたるんだ。キャリガン王太子の王子だけど、やんちゃだねぇ～」

気楽な感想を口にしているパックと違い、叔母の苦労を思いラッセルは困惑する。王太子に嫁いだ叔母《おば》から、アンドリューの世話を内々に頼まれていたのだ。

「あの子は生まれた時に未熟児で、幼《おさな》い時も身体が弱く、甘やかし過ぎました。王太子殿下も、アンドリューの我《わ》が儘《まま》には困っておられますが、公務が忙しくて……」

真面目で温厚《おんこう》なマキシム王や、軍務《ぐんむ》を任《まか》されて国境線を見回るキャリンガン王太子の血筋とは思えないアンドリューの振る舞いに、グレイス王太子妃は困り果てている。

自分の教育が悪かったのだと責《せ》める叔母に、あれは周りの学友が悪いとラッセルは慰めた。

次々代の王様の学友として、各名門貴族から子息《しそく》が送り込まれていたが、どうにもこうにも馬鹿者だらけだ。

いや、勉強や武術訓練は問題無いのだが、友達というより取り巻きと化して、アンドリューのご機嫌ばかり取っている。

魔法学校に入学したのに、ここでも殿下扱《あつか》いを要求していることに、ラッセルは深い溜め息をついた。

ふてくされて、芝生の上に大の字になり寝てしまったアンドリュー。

カインズ自治会長はどうしようか困っていたが、フィンは嫌な予感がして忠告する。

「そこに寝ていたら、天罰《てんばつ》が発動するよ」

　忠告は遅かった。

　バシャ〜ン！　と、アンドリューの上にバケツ一杯の水が落ちてきた。

「何なのだ！　冷たいじゃないか！」

　幼い時からの学友のユリアンは慌てて助け起こそうとするが、カインズが止める。

「芝生には教授と自治会のメンバーしか立ち入りできない。荷物を拾う時は例外で認めると寮の規則に書いてあっただろう」

　寒さにぶるぶる震《ふる》えるアンドリューはカインズを睨み付けたが、マイヤー夫人に「風呂に入りなさい！」と叱られたのには従う。

　その時に着替えを拾っていかなかったアンドリューは、バスタオルを巻き付けた姿で中庭に取りに行く羽目《はめ》になった。

　フィンは困った殿下だなぁと思ったが、自分には関係ないとスルーする。それより、竜の卵に魔力を注ぐという難題に頭の中はいっぱいだ。

「師匠は竜の姿を思い浮かべて卵に魔力を送ると言われたけど、それで孵って無いんだよなぁ……他の方法を試《ため》してみても、悪くないよね」

フィンは友達にも相談するが、誰も竜の卵の孵し方など知らない。

「鶏《にわとり》の卵のように温めてみようかな？」

いつもはチュニックのポケットに入れて持ち歩いているが、マイヤー夫人に相談して腹巻きを作ってもらう。

「武術訓練とダンスと乗馬の時は外《はず》した方が良いですか？」

ルーベンスはフィンがあれこれ試しているのを笑って見ている。

「いや、私が竜の卵を持ち歩いていた時に、何回か転んだり落としたりしたが、大丈夫だった。色々と試してごらん」

フィンは竜の卵が孵るまで竪琴の稽古ばかりなのかと溜め息をついて、何故、吟遊詩人の真似《まね》をして旅をするのかと尋ねる。

「春にカリン村に桜の花を見に行くのは良いですが、馬車で行けば楽だし、早いのに」

吟遊詩人に扮《ふん》して自分が護っている人々と触《ふ》れ合い、平和を享受《きょうじゅ》している姿を眺めることが、ルーベンスの唯一の楽しみだ。

国境線にアシュレイが張った防衛魔法を維持するのが、年々つらくなっている。

ルーベンスはまだ上級魔法使いの重荷《おもに》について話すのは早いと、フィンの質問をはぐらかした。

「吟遊詩人として、市井《しせい》の人々と触れ合うのも勉強になるぞ」

フィンは、自分は農民の出身なので、一般の人達と触れ合わなくても知っていると愚痴りながら、ポロンポロンと下手な腕前で竪琴を奏でる。

聞いてられないと見本に奏でながら、自分が死んだらこの弟子が一人で防衛魔法を維持していくのかと溜め息をつく。

（誰かフィンを支えてくれる人が居れば良いが……）

師匠の悩みも知らず、フィンは下手な音色《ねいろ》を響かせている。

五　王太子夫妻

新入生のアンドリューも流石《さすが》に部屋を片付けることにしたので、中庭に荷物が捨てられることは無くなった。

他にも消灯《しょうとう》時間を守らなかった時に明け方まで足の裏を何かに舐《な》められて、マイヤー夫人に逆らってはいけないと、我が儘王子もやっと悟ったのだ。

学友のユリアンは、殿下がやっと規則を守りだしたのでホッとする。

親からは殿下のご機嫌を取れと命令されていたから逆らわなかったが、このままでは困ったことになると心配していたのだ。

（アシュレイ魔法学校は、アンドリュー殿下も単なる新入生として扱うのだなぁ）

小柄なマイヤー夫人の姿を見ると、どのように天罰や罰を与えるのか不思議に思うが、やんちゃなアンドリュー殿下が少し大人しくなったのに安堵《あんど》する。

ヘンドリック校長は、今年の新入生にもルーベンスの弟子になれる生徒がいるかもしれないと、フィンの才能を見誤《みあやま》ったので全員にチャレンジさせる。

一応は魔力の強そうな生徒から試させるが、ルーベンスはフィンが居るからか塔に入らせもしない。

「フィン一人では心許《こころもと》ないとは、考えないのか！」

糞爺！　という悪口は上級魔法使いに失礼だと口に出さなかったが、ヘンドリック校長はフィンが一人で防衛魔法を支えていくのかと心配する。

しかし、そのことは日々防衛魔法を支えているルーベンスの方が真剣に考えている。

だが、フィンを弟子に取る前は、少しでも可能性を求めて、無理かもと感じる生徒にも会ったが、フィンと出会った今となっては、改めて上級魔法使いとしての資質を持つ者との差がハッキリして会う気にならない。

アンドリューは魔力も強く自尊心も高かった。

アシュレイ魔法学校に入学する時、祖父のマキシム王の悩みを解消したいとか、国境線の見回りなどで疲れている父を助けたいとか、上級魔法使いのルーベンスの弟子になれば皆の役に立てるとか、彼なりに考えていた。

しかしルーベンスの塔は扉すら開かず、目の前に聳《そび》え立っていた。ドンドンドン！ と頑丈《がんじょう》な扉を叩いたが、ビクともしない。

（やはり、私は役立たずなのだ……）

ヘンドリック校長に気を落とさないようにと慰められたが、アンドリューは地面の下まで落ち込んだ。

我が儘王子だが、アンドリューは馬鹿ではない。尊敬する父が自分の振る舞いに失望《しつぼう》していることや、大好きな母を困らせていることにも気づいている。

それは全《すべ》て、ルーベンスの弟子となり、上級魔法使いになってシラス王国を守護《しゅご》することでチャラになるはずだった。

自分が子供じみた夢を見ていたのだとアンドリューは気づいて、どうしたら良いのかわからず混乱する。

アンドリューより早くルーベンスの塔にチャレンジしたユリアンに慰められたが、家臣と自分では違うと首を振った。

そんな時に、ルーベンスの弟子見習いがいると知る。

「あっ、あの時に天罰が発動すると言った生徒だ」

一つ上の学年の生徒だと思うと、きりきりと胸が痛む。どう見ても自分よりチビだし、従兄のラッセルと仲良くしているのも気に入らない。

学年は違うが初等科同士なので、同じフロアだ。アンドリューはストーカーみたいにフィンの言動をチェックしだした。

一部の貴族意識の強い同級生から敬遠《けいえん》されていることや、ルーベンスの弟子見習いという変な地位についての陰口《かげぐち》を耳にしたが、ユリアンに尋ねても首を傾げるだけだ。

今までの生活とは激変した寮の不自由さでストレスを溜めたアンドリューは、週末は王宮で優しい母に思いっきり甘えるつもりだったが、珍しく父が一緒だ。

「父上、お帰りなさい」

魔法学校から帰って来た息子に、お帰りなさいと言われて、キャリガンは苦笑するが、少しはしっかりしたかなと抱《だ》きしめていた腕を緩《ゆる》めて顔を覗《のぞ》き込む。

「アンドリュー、魔法学校はどうだい？」

一瞬、ルーベンスの弟子になれなかった失望がアンドリューの青い瞳を曇らせるが、パッと気持ちを切り換《か》えて父に質問する。

「父上も、マイヤー夫人に荷物を捨てられましたか？」

キャリガン王太子は、グレイス王太子妃と見つめ合い爆笑《ばくしょう》する。

「ははは……そんなことは無いと言いたいが、グレイスは知っているからね。私もマイヤー夫人には厳《きび》しく躾《しつ》け直された。アンドリュー、絶対にマイヤー夫人に逆らってはいけないぞ！」

両親がアシュレイ魔法学校でマイヤー夫人に厳しく指導されたと知って、アンドリューは自分も頑張《がんば》ろうという気分になったが、やはりルーベンスの弟子になれなかった失望感が込み上げてくる。

「アンドリュー？　何かあったのですか？」

母に自分が落ち込んでいるのに気づかれて、バツが悪く感じたアンドリューは、何でも無い！　下《くだ》らないといった感じで話す。

「ルーベンスの塔に挑戦したのですが、扉すら開きませんでした……お祖父様や父上のお役に立てたらと……ごめんなさい」

母の優しい茶色の瞳に見つめられると、アンドリューは涙を堪《こら》えるのに苦労する。

キャリガンは息子を抱きしめて、自分も同じようにと失望したのだと慰める。

「父上も？」

いつも立派な王太子として公務に忙しい父の告白に、アンドリューは驚いた。

「我が国の情勢を考えれば、誰でも上級魔法使いが必要だと考えるからな。私も子供の頃は、上級魔法使いになって父上のお役に立ちたいと考えたのだよ。しかし、ルーベンス様の弟子にはなれなかった」

沈鬱《ちんうつ》そうに目を伏せる父を元気づけたいと、アンドリューは心配はいらないのだとフィンのことを話す。

「ルーベンス様は弟子を取ったから大丈夫ですよ。私より一学年上のフィンという生徒です。従兄のラッセルと仲が良いみたいです」

王宮でも噂になっていたが、息子から聞くと、確かめなくてはとキャリガンは興味を抱いた。

「フィンという生徒は、どんな様子なのだ？」

少し悪口になりそうだと、アンドリューは口ごもる。

「私がルーベンスの塔で失敗したから、こんな風に言うんじゃありませんよ。フィンは、何だか頼りない感じの生徒です。農民出身だからと、一部の貴族意識の強い生徒からは『落ちこぼれ』と悪口を言われています。私よりチビだし、第一、弟子見習いって何だか変な感じだし……」

父も会いたいと思われているだろうに、ヘンドリック校長が紹介しないのは、ルーベンス様が弟子を庇《かば》っているからだとキャリガンは苦笑した。

しかし農民出身だとは聞いていたが、他の生徒に落ちこぼれと揶揄されているとは初耳だ。一度、アシュレイ魔法学校を訪ねてみる必要があると、キャリガン王太子は改めて考えた。

（アシュレイ魔法学校は、王立とは名ばかりで独立独歩《どくりつどっぽ》だ。父上も苛々《いらいら》して待っておられるが、ルーベンス様が承諾《しょうだく》しない限りフィンには会えないだろう。しかし、私は生徒の保護者だからな。魔法学校に出来の悪い息子の様子を見にいくのはありだろう）

キャリガン王太子はアンドリューに上級魔法使いになることだけが国に尽くす道では無いと言い聞かせて、ルーベンスの弟子見習いに興味を移した。

アンドリューは父がフィンに興味を持ったのを敏感《びんかん》に感じて、慰めてもらったことや、若い時に同じ失敗や失望を感じたと話してくれたのには感謝したが、やはり寂《さび》しく思う。

グレイス王太子妃は夫のキャリガン王太子を尊敬していたし、愛してもいたが、父親としては少し配慮《はいりょ》が足りないと溜め息をつく。

（もう少し、上級魔法使いの弟子になれなかった失望から気持ちを切り換えるアドバイスなどを、アンドリューにしてくだされば良いのに……あのようにフィンとやらのことばかり考えておられては、アンドリューは劣等感《れっとうかん》から馬鹿なことをしでかしそうだわ）

滅多《めった》に息子と過ごす時間が無いのにと膝を抓《つね》られて、キャリガンはハッと考え事から我に返る。

「お茶の時間まで、剣の稽古をつけてやろう」

パッと顔を輝かすアンドリューに、グレイス王太子妃はホッとした。

六　ええっ？

アンドリューが父から久し振りに剣の稽古を受けていた頃、フィンは体温では卵は孵らないのかなと、今度は鍋《なべ》に砂を入れて中に卵を埋《う》め、暖炉で温めてみたらどうだろうと試していた。

二〇四号室にも、冬は暖炉に火がおこされている。

小さな暖炉で、消灯時間には自然と――いや不自然に消え、朝には新たな薪がパチパチと燃えている。

上級生になると、お茶を沸《わ》かしながら夜遅くまで勉強したりするが、初等科は許されてない。

フィンは竜の卵を温める鉄鍋《てつなべ》を工夫して、暖炉から近すぎず遠すぎない場所に固定して、一日に数回ひっくり返した。

ルーベンスには、竜の卵が鶏の卵と同じように温めれば孵ると思えなかったが、害があるとも思えないので放置していた。

「うう～ん、温めても駄目なのかな？　茹《ゆ》で卵にだけはならないよう、気を付けてはいるけど……」

授業の合間《あいま》の休憩《きゅうけい》時間にも、部屋まで駆け帰り卵をひっくり返しているフィンは、ルーベンスの願いとは違い、落ち着きとはほど遠い生活を送っている。

毎時間は流石に無理だが、二時間目の後、昼休み、昼からの魔法学の後と、フィンはこまめにひっくり返しに部屋に帰っていた。

しかし、授業中に部屋に置きっぱなしにしていた竜の卵が消えた。

「あれ？　砂に深く埋めたのかな？」

フィンは二月になり寒さが厳しくなったので、砂に埋めておいたのを、両手を突っ込んで探す。

ところが卵は見つからない。フィンは、慌てて鍋の砂を暖炉の縁《ふち》にあけた。

「無い！　竜の卵が無い！　まさか……孵ったのか？」

パニックになって天井やベッドの下を探すが、卵が孵ったなら殻《から》があるはずだと気づく。

「殻、殻……無い！　ということは誰かが持っていったんだ！」

砂をかき混ぜて殻が無いと確認したフィンは、いつも意地悪してきたアレックス達が怪《あや》しいと思った。

昼休みを食堂で過ごしていたアレックス達の所へ、フィンは駆けていく。

間《ま》が悪く、アレックス達はフィンのダンスの下手さをあげつらって爆笑していたのだが、本人が目の前に来たので口を噤んだ。フィンはその沈黙《ちんもく》を誤解する。

「竜の卵を返して！」

竜の卵を無くしただなんて、師匠に何と言えば良いのかわからないという焦燥感《しょうそうかん》で、フィンは手を差し出す。

アレックス達は、親にフィンと仲良くしておけば得だと言われたが無理なので、せいぜい関わらないようにしていたが、端《はな》から泥棒《どろぼう》扱いされてキレた。

「何だって！　あんなのが竜の卵な訳あるもんか！　ただの石だろ、馬鹿じゃ無いのか」

「何で、私達があんな小汚《こぎたな》い石を盗《と》るんだ！」

「泥棒扱いだなんて、無礼《ぶれい》にもほどがある。謝《あやま》れよ！」

口々に責められて、アレックス達では無いのかとフィンはパニックになる。

自治会のメンバーは、フィンがアレックス達と揉めていると、カインズ自治会長に知らせに走った。

今日はキャリガン王太子がアンドリュー殿下の様子を見学に来られて、自治会長と従兄のラッセルは校長室に呼び出されていたのだ。

残ったメンバーは揉めているフィン達に、事情を話すようにと求めた。

「アレックス達が知らないなら、謝ります。すみませんでした。でも、竜の卵が無くなったのです！　誰かが持って行ったんだ」

アレックス達は心ここにあらずの謝り方に文句をつけたが、フィンが真っ青《まさお》になっているので、満足そうにほくそ笑む。

自治会のメンバーは竜の卵？　と訳がわからない様子だが、寮の部屋から勝手に持ち出すのは違法《いほう》なので探さなくてはと、フィンにどんな物かと尋ねた。

「どんな物も何も、小汚い灰色の石ですよ。農民のフィンには石でも宝物なのかもしれませんが、自治会の皆様が手を煩《わずら》わせる物ではありませんよ」

小馬鹿にしたアレックスの言葉に、フィンはプチンとキレた。

「何も知らないくせに！　あの竜の卵は……」

飛びかかろうとするフィンを、校長室から急いで駆けて来たラッセルが羽交《はが》い締《じ》めにして止める。

「離《はな》して、ラッセル！　もう喧嘩《けんか》なんかしないから」

どうやら少しは落ち着いたようだと、ラッセルはフィンに大丈夫かと聞いて、彼が頷くのを確認して離す。

フィンは何回か深呼吸すると、師匠が語ってくれたアシュレイと竜の物語と、弟子達に竜の卵を託《たく》す物語を唄《うた》った。

感応能力の高い魔法学校の生徒なので、食堂にいた全員がアシュレイと竜の幻《まぼろし》を見る。

そして竜の卵を託す場面を見て、まるで自分にアシュレイが手渡したように感じた。

「竜の卵を返して！」

フィンの魔唄まがいにうっとりしていた全員が、彼の悲痛《ひつう》な叫び声に心を打たれた。

フィンが食堂の中を眺めると、おずおずとアンドリューが前に出て、チュニックのポケットから竜の卵を取り出す。

「ごめんなさい、ちょっと温めて返すつもりだったんだ。お昼休みに父上が来られて、返すのを忘れちゃった」

魔唄で自国の危機を救った英雄の幻や、竜との約束を知ったアンドリューは、大変なことをしたと真っ青になって、卵をフィンに返した。

「良いんだ、返してくれれば」

フィンは大丈夫だよと、青い顔のアンドリューに言ったが、父親のキャリガン王太子は厳しく叱責する。

「アンドリュー、人の部屋に勝手に入って、持ち物を盗《と》るとは！」

小さくなっているアンドリューが、フィンには気の毒に思えた。

「男の子はこんな石が好きだから、簡単な気持ちで手に取ったのでしょう。昼休みには返すつもりだったと言っているし、そしたら大騒ぎにならなかったのだし……ええッ～！

アンドリューの父上ってことは……失礼しました。俺はこれで……あのう、返してくれた

んだし、あまり叱らないであげてください」

フィン！　と止める声は、無視というか、王太子に意見しちゃったとパニックになった耳には届《とど》かず、真っ赤《まっか》になってルーベンスの塔へと駆けていく。

「なんとも落ち着きのない子供だ。しかし、あの魔唄は凄かったなぁ。ルーベンス様の魔唄とは比べ物にはならない、荒っぽい物ではあったが……アンドリュー、フィンが叱るなと言ったから、私からはこれ以上は何も言わないが、わかっているだろうな」

アンドリューは小さくなっていくフィンの背中を眺めて、「はい！」と元気よく答える。

ラッセルとカインズ自治会長は、悪い予感がした。

七　後輩《こうはい》って……

ルーベンスはフィンの様子がおかしいので、竜の卵の件と、キャリガン王太子が見学に来られたことを聞き出した。

竜の卵を暖炉の前の温かい砂の中に置きっぱなしにしたことをフィンは謝ったが、ルーベンスは叱らない。

「無事に返って来たのだから、それで良いのだ。それより、フィンは竜の卵に愛着《あいちゃく》を感じないのか？」

フィンは竜の卵を通じて、師匠に呼び出された時を思い出す。

「愛着……？　無くしたかもと思った時はパニックになったけど、それは愛着なのかな？　師匠に怒られるから、慌てたんだけど、アシュレイから弟子に渡された竜の卵を失ったという気持ちもあったかも……」

この午後は珍しく魔法学らしい授業となり、竜の卵がどこにあっても呼び寄せられる魔法の技を習う。

「移動魔法の応用だ。目の前の物を、移動させる場所を思い浮かべて動かすのを、チョコッと変えるだけだ。竜の卵を思い浮かべて、手元に移動させる」

フィンは毎日見つめ続けている竜の卵を正確に思い浮かべ、自分の手のひらに移動させることができた。

「フィン、物をキチンと見ることができれば、魔法の技など習わなくても良いのだ。それは物質だけでなく、場所や、人間にも同じことが言えるぞ。カリン村のお前の家をキチンと見て認識できるようになれば、プレゼントでも、金貨でも、簡単に送れるようになる。もっと落ち着いて、物を観察しなくてはいけない」

ほほ～うと、ここまでは魔法学っぽいとフィンは喜んだのだが、地獄耳《じごくみみ》の師匠はアシュレイと竜の物語や、竜の卵を弟子に託す物語が酷い出来だと叱りだし、竪琴を寮でも練習するようにと命じる。

「こんなのポロンポロン奏でていたら、他の生徒に迷惑ですよ。天罰が発動したら困ります」

下手糞《へたくそ》でなければ天罰は発動しないと、ルーベンスは良い教育方法を思いついたと上機嫌だ。

「マイヤー夫人の耳障《みみざわ》りにならないように、キチンと奏でるのだな。フィンは少しいい加減に竪琴の練習をするから、上達しないのだ」

寮で毎日練習するようにと命じられたフィンは、竪琴を肩に掛けて渋々《しぶしぶ》ルーベンスの塔から出て行った。

「ヘンドリック校長に会いに行かなければなるまい」

アンドリュー殿下の親だからと、公務で忙しいキャリガン王太子が魔法学校に見学に来た訳では無いと、ルーベンスは不機嫌そのものだ。

ヘンドリック校長はルーベンスの毒舌《どくぜつ》の餌食《えじき》になり、王族との板挟《いたばさ》みの立場にほとほと嫌気が差した。

フィンは寮に帰ると、鉄鍋をマイヤー夫人に返す。

「どうも、温めても竜の卵は孵りそうにはありません。鉄鍋を貸していただき、ありがとうございます。あのう……師匠に寮でも竪琴の練習をするようにと命じられたのですが……他の生徒の勉強や、睡眠《すいみん》の邪魔《じゃま》になるから駄目ですよね」

マイヤー夫人に禁止してもらえたらなぁと、フィンはお伺《うかが》いを立てる。

「私は竪琴を聞くのが大好きですから、構いませんよ。もちろん、自習時間や、消灯時間後は駄目ですが、自由時間は良いでしょう。でも、いい加減な奏で方には我慢《がまん》できませんからね」

友達と馬鹿話ができる自由時間に竪琴の練習か、とトホホなフィン。

談話室《だんわしつ》での練習をラッセル達が認めてくれたので、仲間外れに感じることはなかったが、下手な演奏《えんそう》や、いい加減な練習をしていると、なんだか背中がムズムズしてくるのが欠点だった。

興味のある話題の時は、竪琴を横に置いて話すことになり、そうそう練習は進まない。

しかし、貴族階級の子弟《してい》が多い同級生の中には音楽の教育を幼い頃から受けている者も多く、ルーベンスの聞いて覚えろという指導よりよほど、指の使い方や弦《げん》の押さえ方など懇切丁寧《こんせつていねい》に教えてくれる。

「フィンには上手になって、魔唄を演奏してもらいたいからな」

今まではそんなに親しく無かったのにと不思議な顔をしたフィンに、リュミエールは肩を竦める。

「魔唄は師匠もあまり唄ってくれないんだ。俺のは魔唄もどきだよ」

リュミエールは魔唄なんて人生でそうそう聞く機会は無いから期待している、と笑う。

「使者パロマの魔唄を聞きたいな、あの時はアレックスの尻馬《しりうま》に乗ってすまなかった」

そういえばリュミエールはフィンがレディ・ダイアナを演じるのに賛成《さんせい》の票《ひょう》を入れていたと思い出したが、アレックスがラッセルを閉じ込めたりするとは思っても無かったのだろうと謝罪《しゃざい》を受け入れる。

「使者パロマかぁ〜、一度師匠の魔唄を聞いただけだからなぁ。でも、頑張って練習するよ」

アレックス達は自習時間には談話室でこそこそ話したりしているが、自由時間はマリアンや今年入学した同じようなタイプの生徒達と食堂で遊んでいる。

自治会のメンバーはこの手の自主退学予備軍を苦々《にがにが》しく思っていたものの、自治会のメンバー自体少数なうえ、本人や親達の腐った考え方を矯正する方法は思いつかないので、こうした生徒達は放置していた。

カインズ自治会長は前ゲイツ自治会長から、アンドリュー殿下がこの手の生徒達によく似た学友と育ったことを憂慮《ゆうりょ》されていると伝えられていたが、今のところフィンのストーカーをしている殿下が食堂にたむろすることは無かった。

「フィンは迷惑しているだろうが、ある種の後輩《こうはい》指導だと思って諦めてもらうしか無いな……実害がある訳では無いし、不真面目な連中からは引き離せる」

真面目なカインズは、食堂で女生徒と週末の遊ぶ計画についてばかり話している馬鹿者達を全員追っ払いたい気分で睨んだが、腹を立てるだけ無駄だと自室に下がる。

ところが、カインズ自治会長は実害は無いとアンドリューを放置したが、フィン達二年生は困惑していた。

談話室は同じフロアの生徒が誰でも使えるが、広いスペースなので自然と住み分けがされている。何となく伝統で、窓際《まどぎわ》の応接コーナーが二年生で、冬場は焼きマシュマロや焼き林檎《りんご》ができる暖炉近くの一等席が三年生、入り口付近が一年生になっている。

もちろん、絶対的なものでは無いし、夏場は風の通る窓際を三年生が占拠《せんきょ》することもあるし、家から林檎や栗などが送られて来た生徒に、お裾分《すそわ》けを期待して暖炉前を譲ってくれる時もある。

フィンは窓際の長椅子《ながいす》で他の生徒に指導してもらいながら、あまり上手とはいえない竪琴を練習していたが、三年生も魔唄がいずれ聞けるのを期待して大目《おおめ》に見ている。

もちろん、一年生は上級生だしルーベンス様の弟子見習いのフィンが、少々つたない竪琴を練習しようと文句はつけない。

しかしアンドリューは不幸なことに、そういう雰囲気を読むのが下手だった。

フィンには竜の卵の件で庇ってもらった件や、上級魔法使いの弟子見習いだと興味を惹《ひ》かれてストーカーをしていたが、幼い時から一流の楽師《がくし》が奏でる音楽を聞いて育ったアンドリューの耳にはフィンの竪琴は耐え難《がた》い。フィンが練習しだすと、指導する同級生に混じって口を挟む。

「ああ、指使いがなってない。基礎《きそ》のメゾットを練習すべきだ」

殿下だとはいえ下級生に指導されるのはフィンにも不満だが、確かに基礎からやり直すべきかもとガックリする。しかし、フィンは不満を口にしなかったが、二年生は下級生なのにと、かなりカリカリしていると級長のユリアンは感じ取って、アンドリューを部屋の入り口付近に連《つ》れて行く。毎日このようなことの繰《く》り返しだった。春になれば自由時間に外で遊んだりすることが多くなるかもと、ユリアンは待ち遠しくて溜め息をつく。

こうして、二年の冬は過ぎていった。

八　桜の花は咲《さ》いたかな？

「フィン、桜の花が咲くのはいつ頃かな？」

魔法学の授業だというのに竪琴の練習をさせられていたフィンは、師匠とカリン村へ行くのだと喜ぶ。

「普通は四月の後半に満開ですが、桜は年によるから、早かったり、遅かったりしますね」

サリヴァンの桜は四月の初めに満開になるが、北のカリン村は遅い。折角行くのに花が散っていては残念だと、早めに行くことにする。

馬車なら順調だと一週間で着くが、師匠の道楽に付き合って吟遊詩人の旅だと一ヶ月かかるので、三月になり次第出発しようと話は纏《まと》まった。

「さぁ、気合いを入れて練習しなさい。それでは弟子失格だ」

何の弟子なんだ！　とフィンは口を尖《とが》らせるが、冬休みに帰省できなかった家族に会えるのは楽しみなので練習を再開する。


「ルーベンスはどこだ！」

上級魔法使いを呼び捨てにする程、ヘンドリック校長は怒っている。秘書のベーリングは慌てて、マイヤー夫人にフィンが外泊届《がいはくとどけ》を出していないか確認に走る。

「早朝にフィンがこれを持って来ましたよ。二ヶ月、ルーベンス様と視察に出るとか言っていましたが、あの格好《かっこう》はいただけませんね」

魔法学校の生徒は外でも制服を着るべきだとのマイヤー夫人の高説《こうせつ》を途中で無礼にも無視して、ヤン教授の部屋に向かう。

ヤン教授はたった今、フィンを視察に連れて行くので授業を休ませるというルーベンスからの手紙を読んだばかりだった。

「師匠なのだから視察に連れて行くのは仕方ないが、もっと早く教えていただきたかった」

ベーリングはヤン教授に文句を言われて、こちらには連絡すら無かったのですとの言葉を呑《の》み込む。

ヘンドリック校長は、連絡も無しに旅に出るとは、ルーベンスは自分を蔑《ないがし》ろにしていると腹を立てた。

しかしベーリングに、マイヤー夫人とヤン教授に連絡したのはフィンのためだからと宥《なだ》められ、大きな溜め息をついて気持ちを切り換えた。

「少しは師匠らしく、弟子の世話をする気になったと思うしかあるまい。あの御方は常に気儘に旅行されていたのだ……」

キャリガン王太子にフィンのことを聞いたマキシム王から、何度もルーベンスと弟子を王宮に来させるようにと要求されているが、本人が留守では仕方がない。

それに、ルーベンスがそんな要求に応えるとも思えなかったので、留守なら断る理由になると自分を慰めた。

ヘンドリック校長が気儘なルーベンスを内心で罵《ののし》っていた頃、吟遊詩人と弟子はのんびりとサリヴァンを離れていた。

見た目の良くない馬と、丈夫《じょうぶ》そうなロバに乗った二人は、珍しく街道《かいどう》を北上している。

まだ、裏道は舗装《ほそう》がされていないから、雪解けでぐじゃぐじゃの場所もあるので、街道をルーベンスは選んだのだ。

それに畑を耕すのに忙しい時期とあって、農村部では吟遊詩人のお呼びが少ない。街なら職人や商人がいるから、吟遊詩人の営業もしやすいのだ。とはいっても三月はまだ寒さの戻りもあり、雪がちらついたり、春の嵐で足止めされたりで、ルーベンスとフィンの旅はなかなか進まない。

「おや、前も来た弟子じゃないか。少しは竪琴も奏でられるようになったか？」

レオナール卿の領地への分岐点《ぶんきてん》の街では、以前と同じ宿屋に今回も泊《と》まった。

「まぁ、修業中です」

不出来《ふでき》な弟子だと宿屋の主人に笑われたが、フィンは本物の吟遊詩人の弟子ではないので、気にせず荷物を部屋に運ぶ。

「あのう、この近くに布を売っている店はありませんか？　明後日《あさって》には家の近くを通るので、家族にお土産《みやげ》を買っておきたいのです」

ここまでの旅で、客からのチップはフィンにお小遣いだと師匠はくれていたので、彼の貯金《ちょきん》はかなり増えている。

毎月の給金を貯めた皮袋も持って来ており、何か家族にお土産を買って帰りたかった。

「二つ向こうの通りは、布屋が何軒《なんけん》も並んでいるよ。まだ、この時間なら店は開いているだろう」

師匠に許可をもらうと、フィンは一目散《いちもくさん》に駆け出す。

「落ち着きの無い弟子だなぁ。あんた程の吟遊詩人なら、もっと腕の良い弟子も取れただろうに。まぁ、一杯飲んでくれ、あんたが唄ったら今夜は満員になる。酒を小僧《こぞう》に買いに走らせなきゃな」

たんまり儲《もう》かると機嫌の良い主人に、フィンも少しは上達したと文句を言いながら、ルーベンスは奢《おご》りの酒を飲み干《ほ》す。

フィンは布屋が並んだ通りに着き、きょろきょろと店を眺めて歩いていた。

カリン村は豊かではないしフィンの家も貧乏だったが、街にも貧しい人々がいる。

「カモだぜ」

チビ助が布を買うお使いに来たのだと、街でたむろしている不良達はほくそ笑む。かつてフィンの格好にマイヤー夫人は眉をひそめたが、彼らに比べればまだ立派なものだった。

何軒か布屋を見て、値段の安い店を探していたフィンは、いつの間にか不良の少年達に取り囲まれているのに気づく。

「何の用なんだ！」

ふふふんと、鼻で笑われて、何人もの少年達に小突《こづ》かれながら路地《ろじ》に連れ込まれる。

「お前に用は無いが、お前が持っている金には用がある」

上着《うわぎ》の胸元を掴《つか》まれてグイッと持ち上げられると、チビのフィンは足が宙に浮いてしまう。

「放せよ！　お前らにくれてやる金なんか無い！」

チビだがフィンは一年間武術訓練を受けている。持ち上げている少年の急所《きゅうしょ》をバァーンと膝で蹴《け》る。

ウッ！　と手を離して下を向いた顔を思いっきりブーツで蹴り上げた。

「何をするんだ！」

カツアゲしていたくせに！　とフィンは容赦《ようしゃ》しない。何人もの相手には一気に殴《なぐ》りかかれないので、まずはリーダーを潰《つぶ》す。

後ろからフィンを捕《つか》まえようとした手を取り、反動を利用して投げ飛ばした。

「やりやがったな！　覚えていろよ！」

こいつはチビだけど武術訓練を受けていると悟った不良達は、うずくまったリーダーの両脇を二人で担《かつ》ぐと、捨て台詞《ぜりふ》を投げつけて逃げ出した。

フィンはどうにか無事に路地から脱出できたが、さっさと買い物を済ませて、暗くなる前に宿屋に帰ろうと思う。

店の前に棚を出してセールス品を売っている布地屋に近づいて値札《ねふだ》を見ていると、店員が買うのか？　金は持っているのか？　と尋ねてくる。

先程の不良とのいざこざを遠目《とおめ》で見ていたので、関わりたく無さそうだ。フィンは、安いけど感じが悪いと、他の店に移った。

こちらの店は前の店より少し高いとは思ったが、外に並べてないので日焼けによる色あせもないし埃も被《かぶ》ってない。

店の小母《おば》さんに声を掛けて、家族に何か布地を買って帰りたいと相談に乗ってもらう。

「兄さんと、妹達と、母さんにかい？　どのくらいの予算なんだい？」

フィンは師匠からもらった小銭《こぜに》を見せた。

「おやおや、細かいお金だねぇ。でも、六十マークあるなら、どうにか算段《さんだん》してあげるよ。お兄さんの上等なシャツ用の白い生地《きじ》、お母さんのスカート用の生地、妹さん達にはこの色違いの小花柄が良いだろう」

かなりたっぷり目に測《はか》ってくれて、腕の良い針仕事をする人なら、二枚は取れるよとまけてくれた。買った布地を紙に包んでくれたので、フィンはお礼を言って宿屋に帰る。

「おや、いっぱい買って来たのだな。そろそろ客が来るから、晩ご飯を食べさせてもらいなさい」

ルーベンスはカウンターで、チーズを少し食べながらワインを飲んでいた。フィンは大《おお》振《ぶ》りのお椀《わん》に入ったシチューとパンを急いで食べ始める。

その様子を眺めていたルーベンスは、落ち着いて食べなさいと笑っていたが、ふとフィンのブーツに血がついているのに気づいた。

(何か揉め事に巻き込まれたかな……食べ終わったら尋ねなければ)

フィンが魔法で誰かを意味無く傷つけるとは思わないが、十二歳の少年を監督《かんとく》する義務を感じる。ワインをちびちび飲みながら、フィンの食事が終わるのを待つ。

「街で喧嘩をしたのか?」

最後の一口を飲み込んだ直後に師匠から質問されて、フィンは目を見開く。

「喧嘩なんかしていません。布地屋を見て歩いていたら、数人の不良に絡《から》まれて路地に連れ込まれたんだ。金を出せとカツアゲするから、リーダーを蹴り飛ばして、サブを投げ飛ばしたんだよ。これって、正当防衛だよね」

ルーベンスはやれやれと安堵の息をつき、チビ助のフィンにお金を持たせて一人で買い物に行かせたのを後悔《こうかい》する。

(今回は上手く難《なん》を逃れたが、フィンには防御の魔法を少し教えておこう。タチの悪い大人だったら、大変な目に遭《あ》うところだ。宿屋の小僧にチップをやって、ついて行かせれば良かったのだ)

何故、揉め事に気づいたのかと不思議そうな顔をするフィンに、ブーツの血を拭《ふ》いておくようにと命じて、ルーベンスは竪琴を奏で始める。

フィンは自分が食べたお椀を厨房《ちゅうぼう》に下げたついでに、床を拭く雑巾《ぞうきん》でブーツの汚《よご》れを拭き取った。そしてルーベンスの横へ急ぎ、呼吸を整えてから和音を紡《つむ》いでいく。

「おや、弟子も伴奏ができるようになったのだなぁ」

宿屋の主人に褒《ほ》められたが、そりゃ半年も魔法学の時間に竪琴ばかり練習させられていたら少しは上達しますよ！　とフィンは内心で愚痴った。

カリン村に着いた。まずは桜を見に行こうとルーベンスが急《せ》かした。

「まだ咲いていませんよ。あの森の桜は町より遅いから」

町で桜が三分《さんぶ》咲《ざ》きなのを見て、ルーベンスは気が急いているのだ。

「散ったら困るじゃないか！」

フィンは家族に会いたいと思ったが、弟子見習いなので仕方がない。師匠を案内して、森の桜の大木に着いた。やはりまだ蕾《つぼみ》は固い。

師匠なら咲かせられるだろうけど、自然に任せたいとフィンは思う。

「あと一週間はカリン村で過ごそう」

「やったぁ！　師匠、畑を耕すのを手伝っても良いですか？　俺の通っていた学校には農《のう》繁《はん》休暇があったけど、アシュレイ魔法学校には無いんだもの。ハンス兄ちゃんだけで耕すのは大変だと、心配していたんだ」

家に向かいながら許可を取るフィンに、変わっているなぁと溜め息をついたが、トラビス師匠がアシュレイに畑仕事をさせられたと愚痴っていたのを思い出す。

しかし、自身も趣味の吟遊詩人をフィンに押し付けていることは、ルーベンスは無視する。

九　給金って……

「お母さん！　ただいま～！　帰ったよ～」

庭で菜園《さいえん》の種まきをしていたメアリーは、魔法学校にいるはずのフィンが突然帰って来たので驚く。

「フィン、まさか……」

「ええっ？　手紙はまだ届いて無いんだ。師匠と桜の花を見に来たんだよ」

家の横手の菜園から正面に回ると、ルーベンスがゆっくりと馬から降りるのが見えて、メアリーはホッとする。

「もしかして、退学になったとでも思ったの？　酷いなぁ～」

いいえ、と笑ったが、村の人達から魔法学校の生徒は貴族ばかりだと聞いて、メアリーは少し心配していたのだ。

「ようこそ、遠い所からお越しくださいました。何もお構いできませんが、お茶でも如何《いかが》ですか？」

フィンが師匠の馬と自分のロバに井戸から水を汲《く》んで飲ませている間に、メアリーは家の中に招いてお茶の準備をする。

「お母さん、これ！　遅くなったけど、冬至祭のプレゼントなんだ。あと、これはベックの街で買った布地だよ」

師匠がお茶を飲み終わるのを待って、フィンは小さな箱と、大きな包みをテーブルに置く。メアリーはお小遣いも送って無いのにと困惑するが、ルーベンスが受け取ってやってくださいと言うので、師匠からお小遣いをもらっているのだと驚く。

「冬至祭のお小遣いで、このプレゼントを買ったんだ。こちらの包みは、旅の途中のチップを貯めて買ったんだよ。それに、これは毎月の給金を貯めた物だ」

お土産に驚いていたメアリーは、給金？　と渡された小さな皮袋がずしりと重いのに困惑する。

「フィン、お兄さんを手伝って来なさい」

その様子を見て、ルーベンスは母親と話し合う必要があると、フィンを家から追い払う。

フィンは部屋で作業着に着替えて、畑を耕しているハンスの元へ駆けていく。

「これはいただけませんわ」

メアリーはテーブルに置いた皮袋を、ルーベンスの方に押し戻す。

魔法使いが何故チップをもらうのかメアリーにはわからなかったが、夏至祭や冬至祭に奉公人や弟子にお小遣いをやる風習はあるし、それを師匠が弟子にくれると言うなら良いと思う。そのお小遣いやチップはリフレッシュするために友達と遊んだり、勉強に必要な物を買うのが本来の使い方だと考えるが、フィンがプレゼントやお土産を買いたいならそれも自由だと思う。

しかし、弟子に給金を支払うなど聞いたことがない。

「これは、フィンが家のことを心配しないで修業するためのお金なのです。もうお察しでしょうが、フィンは治療師になってカリン村に帰ってくることは無いでしょう。あの子を私の弟子にした時に、国を背負っていく運命を授けてしまったのです」

昨年の秋に師匠が突然訪問した時の様子で、メアリーは何となくフィンがカリン村の治療師とは別のもっと重要な任務を果たすのではと感じていた。

「でも、あの子は貴族出身ではありませんし、そのような重責《じゅうせき》には耐えられないのではないでしょうか……」

無口で大人しいメアリーだが、子供の将来のことなので思い切って質問する。

「フィンは私が長年探していた弟子なのです。貴族だとか、身分は関係ありません。まだ幼いフィンに重荷にならないように、気をつけて指導していくつもりです。あの子のために、受け取ってやってください」

偉《えら》い魔法使いだと御者《ぎょしゃ》から聞いているルーベンスに頭を下げられて、メアリーは慌てて頭を上げてくださいと頼む。

「本来はもらう道理も無い給金を頂く上に、頭まで下げられたら困ります」

ルーベンスはフィンの母親を説得できてホッとする。

しかし、ハンスという難関《なんかん》が控えていた。フィンと二人で畑を耕して帰って来たハンスは、弟子に給金？　と驚いた。

「そろそろ、ローラ達が学校から帰って来るから迎《むか》えに行ってくれ。あの娘達は途中で長話をしだすと、止まらないんだ」

フィンは変だなと思ったが、久しぶりに妹達に会えるので、ハンスの言葉に従う。

「これは、フィンを何か拘束《こうそく》する類《たぐい》の物なのですか？」

短い期間だが町の穀物商《こくもつしょう》で奉公していたハンスは、メアリーより世の中を見ているので、この給金を受け取るとフィンが長年の御礼奉公を強《し》いられるのではと心配したのだ。

ハンスのプライドを傷つけないように家族を援助《えんじょ》しようと、フィンに給金を渡すことにしたのだが、却《かえ》って心配させてしまったとルーベンスは反省した。

「フィンは私の弟子として修業して、将来は上級魔法使いになる。しかし、私は年を取っているので、いつまでフィンを指導できるかわからない。フィンは早く治療師の免許《めんきょ》を取ってカリン村に帰り、妹さん達の持参金を貯めたいと話していたが、それは無理なのだ。この給金はフィンが村の治療師としてもらえるはずのお金の代わりなのだ」

ハンスはフィンが上級魔法使いになると聞いて驚いた。

「では、貴方《あなた》は上級魔法使いなのですか？」

畑仕事で忙しいハンスは、レオナール家の御者がフィンの手紙を届けてくれた時に留守だったし、母親のメアリーはおしゃべりではないので、御者にはお礼ぐらいしか言わなかった。

ハンスとメアリーは国に上級魔法使いが何人いるか知らないが、それほど大勢では無いことくらいは想像がつく。そして、フィンがそんな大物の弟子になったのかと驚いた。

「でも、偉い魔法使いの弟子になりたい人は多いでしょう。給金を支払うどころか、入門料や指導料が必要なのでは……」

ハッとハンスは言葉を止めた。

「私は魔法使いについては何も知りませんが、そのお年になるまで弟子を取らなかったのは何故なのですか？」

真っ直ぐに見つめるハンスの目がフィンにそっくりだとルーベンスは苦笑する。

「上級魔法使いになれる資質のある生徒に出会えなかったからだ。フィンにはその資質があるが、上級魔法使いになるには修業が必要だ。給金を渡したのは、フィンが家族の心配をしないで、修業に集中するためだ」

ハンスは貧しい生活がフィンの足を引っ張るのかとグッと拳を握《にぎ》り締めたが、それを師匠が心配して給金を渡しているのだと悟る。

「ある意味で、上級魔法使いになると国に縛《しば》られることになる。これは手付け金だと思って、受け取ってください」

「それはどういう意味ですか?」

ルーベンスは深い溜め息をついて、上級魔法使いは王宮で働くことになると、ざっくりとした説明をハンスとメアリーにする。

「ええっ? 王宮で仕事をするのですか? あの、フィンが? 大丈夫でしょうか? 王宮にある壺《つぼ》とか壊さないでしょうか? あのう、この給金をもらっても、上級魔法使いの給金をフィンはちゃんともらえるのでしょうか?」

ルーベンスにとって王宮など魑魅魍魎《ちみもうりょう》が蔓延《はびこ》る近づきたくない場所だが、そこで働くのを名誉と考える人もいるのを知っている。

ハンスも弟が王家に仕《つか》えるような偉い魔法使いになるのかと呆然《ぼうぜん》としている。しかし、メアリーはそれがフィンの幸せなのだろうかと心配していた。

「王宮であの子は偉い貴族の方々に囲まれて、やっていけるのでしょうか?」

「ちゃんと指導しますから、ご安心ください」

ヘンドリック校長が聞いたら、小躍《こおど》りしそうな殊勝《しゅしょう》な言葉をルーベンスは口にした。メアリーもハンスも、ルーベンスを信じてフィンを託すしかないと頭を下げる。


両者が頭を下げ合っていると、フィンが妹達と帰って来て、何をしているの？　と不思議そうに尋ねる。


「ほら、妹さん達にプレゼントやお土産があるのだろ」

何か誤魔化《ごまか》されているとフィンは感じたし、大人同士で話し合いたいから外に不自然に追いやられたのだと察する。


（きっと給金のことだ、後で師匠に尋ねよう。給金を師匠からもらっていることは内緒にしろと言われたから、友達には言ってないけど、給金なんて誰ももらって無さそうだもの）

フィンは魔法学校で一年過ごし、少しずつ魔法使いのことも知ってきている。弟子になるのに入門料も指導料も要《い》らないが、師匠から給金をもらうなどということも聞かない。たまにお使いに行ったり、何か手伝ったりして、師匠からお小遣いをもらったと嬉《うれ》しそうに話す生徒はいたが、ほんのチップ代わりに過ぎない。サリヴァンの駄菓子屋《だがしや》で飴《あめ》を買って友達に奢る程度だ。

師匠が自分の家族の窮状《きゅうじょう》を援助しようと給金を出してくれているのだとフィンは考え

る。

妹達に冬至祭のプレゼントの箱を渡すと、綺麗な包装紙《ほうそうし》も後で使うからと丁寧にほどき、中に入っている、フィンには理解できない細い布切れに過ぎないリボンに狂喜乱舞《きょうきらんぶ》する。

「きゃ～！　とても素敵だわ、お兄ちゃん、ありがとう！」

「ありがとう！　こんなの誰も持ってないわ、夏至祭につけるわ」

妹達はどちらがどちらの色のリボンにするかお互いに大騒ぎだったが、バレッタはお母さんのだと渡す。メアリーは滑《なめ》らかな手触《てざわ》りにうっとりしたが、お礼を言うと、娘達が大きくなった時にとっておこうとする。

「お母さん、妹達が大きくなったら、また他の髪飾《かみかざ》りを買ってあげるよ。それはお母さんに買ったんだよ、気に入らなかったの？」

フィンが心配そうに見てくるので、未亡人《みぼうじん》なのに髪飾りだなんてと遠慮していたメアリーも、ローラに付けてもらった。

「お母さんにぴったりだわ。フィン兄ちゃんが、こんなにセンスあるだなんて」

驚くローラに、フィンはフィオナとエリザベスのお陰だなと思い、帰ったら家族に喜ばれたことを伝えてお礼を言わなきゃと思う。

布地の包みを開くと、針仕事が好きなメアリーはうっとりと手触りを楽しむ。

「まぁ、フィン、こんなに沢山《たくさん》の生地を買ってくるなんて……」

「白いのはお兄ちゃんのシャツ用なんだ。そちらの灰色のはお母さんのスカート用だよ。で、小花柄の色違いはローラとキャシーのだ」

説明を聞かなくてもメアリーにはわかっていたが、フィンの言葉にその都度頷《つど》く。

「布屋の小母さんに選んでもらったんだ。たっぷりめに切っておくと言っていたけど、大丈夫かな？」

メアリーは布地を広げて、二枚は十分取れると嬉しそうに頷く。妹達は色違いの布地を当ててみて、どちらが似合うか言い合っている。メアリーはこれだけの生地があるなら、年頃になった時の裾《すそ》の長いドレスが縫《ぬ》えるので取っておきたい誘惑にかられたが、フィンは今着せてやりたいのだろうと思った。

嫁いでからずっと貧しい生活でやり繰りしていたメアリーは節約が身についている。とても贅沢をしているようで後ろめたい気持ちになった。しかし、娘達の喜んでいる顔や、それを嬉しそうに見ているフィンに節約心を少し引っ込めることにした。

大騒ぎしているうちに、夕方になってしまった。

「夕食の準備をしなくては……」

そう言って布地をキチンと包みなおして戸棚《とだな》にしまったメアリーは、フィンの師匠をどこに泊めようかと悩む。娘達を自分のベッドで寝させ、娘達のベッドに寝てもらおうとメアリーは考えて、フィンはハンスと一緒では窮屈だろうかと困る。フィンはまだ成長期が来ていないのでチビだが、ハンスは十八歳になり、この一年の農作業でかなりがっしりした身体になっている。

しかし、ルーベンスは元々フィンの家に泊まるつもりはなかった。

「そろそろお暇《いとま》します。私はレオナール卿の屋敷に泊まります」

偉い魔法使いを泊める場所が無いのは確かだが、メアリーはせめて夕食でもと引き止める。

「じゃあ、俺もレオナール卿の屋敷について行くよ」

ルーベンスは、口ではフィンに「実家に泊まりなさい」と言ったものの、「弟子だから側にいます」と断られると、本心では嬉しく思う。話の合う人がいない屋敷に泊まるのは、退屈そうだと思っていたのだ。

「お泊めするベッドは無いけど、夕食ぐらいは一緒に食べてください。レオナール卿の屋敷に泊まることを言ってあるなら、夕食の準備をしているでしょう。夕食はこちらで食べると言いに行って来ますよ」

ハンスの言葉にフィンは、師匠が桜を見たいと急いでいたので先方に泊まらせてもらいたいことさえ伝えて無いことを思い出す。

「では、泊まると伝えて来ます」

前なら歩いて行かなくてはいけなかったが、今は馬がいるので気軽に行けた。

ハンスがレオナール卿の屋敷の管理人にルーベンスとフィンが泊まると告げると、手紙《てがみ》で主人から聞いていると頷《うなず》いた。ルーベンスがのんびり旅をする間に、ヘンドリック校長がきっと二人はカリン村に行くだろうとレオナール卿に知らせたのだ。

「こんなのはルーベンス様に聞けないから、お前さんに尋ねるのだが、何日ぐらいの滞在《たいざい》になるのだろう？」

遠方からの客に滞在予定を尋ねるのは無作法《ぶさほう》なことなので、管理人はハンスに予定を聞く。

「さぁ、俺もはっきりとは知りませんが、森の桜を見に来たと言っていましたよ。まだ、蕾が固いから、咲くまで何日かかるかはわからないなぁ」

管理人は国に一人しかいない上級魔法使いに失礼の無いようにと、レオナール卿から指示されていたが、その偉い御方がわざわざこんな田舎《いなか》まで花見？　と訳がわからなかった。

しかし、魔法使いなど何を考えているのか理解できないのが普通だと、管理人は頭を振って気持ちを切り換える。そしてフィンの家には碌《ろく》なワインも無いだろう、とハンスに持って帰らせて、召使《めしつか》いに客室を二部屋用意させた。

十　花見でびっくり！

レオナール卿の屋敷でも、ルーベンスはマイペースだ。朝というか昼過ぎまで起きてこないので、管理人は朝食や昼食はどうしたら良いのかと振り回される。

「師匠は、午前中は起きてきませんよ。俺はちょっと畑仕事を手伝ってきます」

頼りの弟子は朝早く、カリン村に出かけてしまい、昼に帰って来てルーベンスを叩き起こす。

「ほら師匠、起きてくださいよ。昼食が用意されています」

寝穢《いぎたな》いルーベンスは昼食など要らないと布団を頭から被るが、フィンが心配して部屋から出て行かないので諦めた。

「お前は……本当に言うことを聞かない。食べたく無いと言っているのに……」

寝起きで機嫌の悪い師匠に言われる前に、関節痛の治療の技を掛ける。痛みが無くなり、少し食欲が出てきた師匠と、一働きしてきて腹ぺこのフィンは、管理人の心尽《こころづ》くしの昼食を黙々《もくもく》と食べる。

「そんなに食べて、腹を壊すのではないか？」

元から少食なうえに、年でほんの少ししか食べないルーベンスの残りまで、フィンは綺麗に平《たい》らげる。

レオナール卿や若様とは同席する管理人夫妻だが、シラス王国に一人しかいない上級魔法使いには遠慮して一緒に食べない。一泊目の次の昼にルーベンスが食事をほとんど残したのを気に病《や》んだ管理人の奥さんに、何が好物《こうぶつ》なのかと質問責めにあったフィンは、自分で残りを食べて解決することにした。

どうせ師匠は少食だから気にしないでくださいと言っても、あのパニック状態の奥さんには通じないだろうと思ったのだ。給仕する召使いには口止めしたし、綺麗に食べられた後の皿で奥さんは心の平和を取り戻している。

「桜は咲いたのか？」

ルーベンスは満開になるまで見に行かないと決めているので、毎日フィンに質問する。

「二分咲《にぶざ》きになりました。ちらほらですが、綺麗ですよ」

フィンも満開の桜は見事だし、見たいと思うが、こうも管理人夫妻が神経を使っていると落ち着かない。師匠も同じなのかなとは思うが、とてもそんな風には見えないと首を横に振る。

しかし、師匠が起きている時は側を離れないようにしている。ほとんどは竪琴の稽古をさせられるが、街の不良にからまれてからは、少し防衛魔法の技なども教えてくれるからだ。

「お前には攻撃魔法の技はまだ早い。しかし、土の魔法体系には防衛魔法の技が多いから、少し覚えておくと便利だ」

この防衛魔法の練習に駆り出された屋敷の召使いの中には、カリン村のフィンが本当に魔法使いになれるのかと疑問に思っている者もいた。

「ええっと、攻撃してみてください」

ファビアンの稽古用の木の剣でフィンに斬りつけようとした召使いは、足が地面に張り付いて動けなくなる。

「どうなっているんだ？」

足を手で持ち上げようとしても、根が張った木のようにビクともしない。それもそのはず、フィンは召使いの靴《くつ》の底から魔法の根を地面に生《は》やしていたのだ。

ルーベンスはもう解いてやれ！　とフィンに指示する。フィンが魔法の根を取り払うと、足を持ち上げようとしていた召使いは勢い余って転《こ》けてしまった。

「すみません」

召使いは、起こそうと手を伸ばしたフィンから少し後ろに身を引いて自力で立ち上がる。

「フィンは本当に魔法使いになるんだなぁ」

魔法学校に入学したのは知っているし、何でも国一番の魔法使いの弟子になったとは聞いていたが、貧乏人のフィンが本当に魔法使いになるのだと皆はやっと納得する。

　フィンはもっと色々と師匠に魔法の技を習いたいと思ったが、ルーベンスはまったりと竪琴を奏でるだけだ。

「師匠、他の防衛魔法の技も教えてくださいよ。石とか投げられたら、あの技じゃ防げません」

　新しい曲を作曲していたルーベンスは、石という言葉に噴《ふ》き出す。

（フィンは戦争を知らない。普通は矢を心配するだろうに……まぁ、攻城戦などでは石も飛び交《か》うが……ファビアンと狩りをしたことがあると言っていたが、矢で人を射《い》るとは考えたことも無いのだろう）

　貴族出身のルーベンスは、気儘ではあるが、連合王国との戦争を生き抜いた祖父などから、国を護るという意識を叩き込まれて成長した。その上、トラビス師匠は責任感が強かったため、上級魔法使いとしてシラス王国を守護すると約束させられた。

　しかし、昨今は国境線の小競《こぜ》り合いだけで一応平和を保っているので、貴族の一部は子息にそのような教育をしない者もいる。まして農民出身のフィンは家族を護る意識は持っているが、上級魔法使いとしてシラス王国を守護していくなど考えてもいないだろうとルーベンスは溜め息をつく。

　ここから北の国境線を護るノースフォーク騎士団の駐屯地《ちゅうとんち》まで、桜が咲くまでの間に行って来られるとルーベンスは考えたが、フィンにはもう少し子供時代を楽しませてやりたいとも思う。

（ノースフォーク騎士団にフィンを連れて視察に行けば、マキシム王に会わせないわけにはいかなくなる。それに、フィンは多分、アシュレイが掛けた防衛魔法が見えるだろうから、それが弱くなっているのにも気づくだろう）

偉大なアシュレイが掛けた防衛魔法も、三百年の間に少しずつ綻《ほころ》びが出来ている。トラビス師匠はその綻びを広げないように気をつけながら何人もの兄弟子達と支えていたが、最後にはルーベンスと二人で防衛魔法をどうにか維持し続けた。

ルーベンスが引き継いでから既に百年が過ぎ、防衛魔法もかなりくたびれている。

（若い頃は、綻びをカバーするため防衛魔法を強化していたのだが……今は維持するだけで精一杯だ）

アシュレイの直系の子孫であるフィンなら、防衛魔法の綻びも修繕《しゅうぜん》できるかもしれないが、チビ助の成長を妨《さまた》げるのではとルーベンスは悩む。

しかし、気紛《きまぐ》れな春の天候は急に暖《あたた》かさを増し、あっという間に桜は五分咲《ごぶざ》き、七分咲《しちぶざ》きとなった。

「明日、桜を見に行こう！」

のんびり寛《くつろ》いでいるように見えるルーベンスだが、屋敷の管理人夫妻が気を使い過ぎて、本来の仕事にも支障《ししょう》が出るのでは、と心配していた。

「これを持って行きなさい」

花見をしたら直接サリヴァンへ帰るとルーベンスに告げられた管理人から、フィンはバスケットを受け取る。

「花見弁当だよ。折角、サリヴァンから桜を見に来られたのだから、せめてゆっくりと花見をしてもらっておくれ」

管理人はルーベンスには一歩も二歩も引いているが、弟子見習いのフィンには気楽に話し掛けられる。ずっしりと重いバスケットをロバに乗ったフィンに持たせた。

「ありがとうございます、お世話になりました」

フィンが何度目かの挨拶《あいさつ》をしているのを促《うなが》して、ルーベンスは世話になったなと一言礼を述べて森へ急ぐ。

「何だか雲行きが怪しい。桜が咲くと、何故だか雨が降ることが多い気がする」

そんなに桜が見たいなら、毎日様子を見に行けば良かったのにとフィンは呆れたが、急ぐ師匠の馬を追いかける。

春の森には下草が緑の絨毯《じゅうたん》のように生えていた。しかしフィンの案内でルーベンスは桜の大木の近くまで楽に進んだ。

「おお！ 満開ではないか！」

森の木々の合間から、薄いピンク色の桜の大木が見えると、ルーベンスはとても百歳を数十歳超えているは思えない速さで急ぐ。

「師匠、そんなに急いだら、下草で足をとられますよ」

そう注意するフィンの方が、草に足を滑《すべ》らせる始末だ。木々を抜けて、桜の大木の前にでると、金色の光がくるくると舞っている。

「桜の妖精だぁ〜」

フィンはいつ見ても綺麗だなぁと、満開の桜とその花から弾《はじ》け飛ぶ金色の光にうっとりする。ルーベンスはその光景に圧倒されて、暫《しば》し呆然と眺めていた。

フィンも見とれていたが、マントを脱いで桜の大木の側に敷《し》くと、管理人から持たされたバスケットを開く。

「お前は花より食べ物か」

食べ盛《ざか》りの男の子というのは、なんと情緒《じょうちょ》の無いものかと嘆きながらも、ルーベンスもマントの上に腰を落とす。

「フィン、悪いが竪琴を持って来てくれ」

管理人がバスケットに入れておいてくれたワインをちびちび飲みながら、花見も悪くないとルーベンスは考える。

はい！ と、こちらは朝食を食べて、まだそんなに時間が経ってないのに、サンドイッチにかぶりついていたフィンは慌てて立ち上がる。

「そんなに慌てなくても良い……そうだ、お前の竪琴も持って来なさい」

ルーベンスが声を掛けた時、フィンは森の外に向かおうとしていたが、こんな場所でも練習するのかと文句を言おうと振り向いて、木の根っこに蹴《け》つまずく。

「ほら！ 危ない！」

フィンは師匠の風の魔法で、ふわりと地面に軟着陸《なんちゃくりく》したものの、上着のポケットから常に持ち歩いている竜の卵が転がり落ちた。

「もっと落ち着きなさい。お前さんの鼻には同情するぞ……いや、お前の膝小僧《ひざこぞう》や、お尻も災難《さいなん》だ」

ぶつぶつ文句を言う師匠に、風の魔法で助けてくれたお礼にペコリと頭をさげて、落ちた竜の卵を拾おうと屈《かが》む。

フィンがその竜の卵を拾った途端、桜の妖精がざわわーと舞い降りる。

「ええ〜！ 何？ 何？」

フィン同様にルーベンスも驚いたが、流石に上級魔法使いなので、これはもしやと起こることを察した。

「フィン、深呼吸するのだ。そして、絶対にその卵を落としてはいけないぞ」

逸《はや》る気持ちを抑えて、ルーベンスはフィンを落ち着かせようと、なるべく穏《おだ》やかな声で指示を出す。

異常事態に、困った顔で自分を見るフィンと代わろうかとも思ったが、この妖精との相《あい》性《しょう》は、アシュレイの直系の方が良いだろうと見守ることにした。

フィンは桜の妖精が自分に向かって飛んで来るなか、師匠の言葉と強い視線に支えられて、深呼吸して卵をじっと持ち続ける。

フィンの周りを乱舞《らんぶ》していた金色の光は、次第に竜の卵にぶつかっていく。

フィンは目の前で、桜の妖精が竜の卵にどんどん吸い込まれていくのを呆然と眺めていた。

やがて、青灰色の卵の表面が金色の膜《まく》が張ったように輝く。

「師匠、これが魔力を注ぐということだったのですね……」

春の天候は変わりやすく、雨が降る前の風がざわざわと桜の花びらを散らした。

花吹雪《はなふぶき》の中にフィンが立ち続けていると、ざざざざーと風で舞い散る桜の花から一斉《いっせい》に舞い落ちた金色の光が、竜の卵に吸い込まれていく。

「師匠、卵が……」

フィンは地面に敷いたマントの上に、ソッと竜の卵を置く。ルーベンスと二人で跪《ひざまず》いて見守る中、竜の卵はゆっくりと揺《ゆ》れだした。

「本当に竜の卵だったの？」

何となく大きな声を出すのを憚《はばか》って、フィンは小声で師匠に尋ねる。

「見ていればわかる……」

ルーベンスも興奮を隠せない、少し掠《かす》れた声で応えた。

揺れは少しずつ大きくなり、コツコツと卵の中から必死で孵ろうとする音が聞こえる。

「あんなに石みたいに硬《かた》かったのに……大丈夫かな……頑張れ！」

コツコツという音はするのだが、卵にはヒビは入らない。

フィンは農家で育ったので、雛《ひな》が卵から孵るのを何回も見たことがあった。小さくて殻がごつい卵は、たまに孵らないものもあるのだ。どう考えても、竜の卵は硬くてヒビが入りそうに無い。

「あっ、弱ってきている」

ルーベンスにもコツコツという音は聞こえており、揺れ方が小さくなっていくのがわかった。

その時、フィンが竜の卵のてっぺんを指の関節で殴った。

「おい、何をするのだ！」

「孵るんだ！　折角、桜の妖精が眠りから起こしてくれたんだろ！」

石を叩く指は真っ赤になり、血も滲《にじ》んでいる。

「フィン、怪我《けが》をする！」

ルーベンスがフィンの手を握り込んで、止めさせようとした時、卵のてっぺんからヒビが縦《たて》に延《の》びる。

そして、パカッと割れた卵から、小さな竜の赤ちゃんが転がり出た。

「竜の卵が孵った！」

フィンとルーベンスは、ぐっしょりと濡《ぬ》れた、黒っぽい竜の赤ちゃんを驚きの目で見つめる。

鶏の雛ぐらいの大きさで、蝙蝠《こうもり》の羽のようなものを地面に引きずって、ピィピィ鳴いている竜の赤ちゃんが、フィンを目掛けてヨタヨタ歩く。

「師匠、何だか猛烈《もうれつ》に空腹感《くうふくかん》が……」

お腹《なか》を押さえるフィンに、ルーベンスは竜の赤ちゃんが空腹なのだと教える。

「竜の雛に何を食べさせたら良いのだろうか……」

貴族のルーベンスには、雛に食べさせる物などわからない。

「師匠、竜は肉食ですか？」

肉食と書かれた本を読んだことがある、と答えるルーベンス。

フィンはバスケットの中の茹で卵やハムをナイフで細かく刻《きざ》むと、ピィピィ鳴いている竜の赤ちゃんに与えた。すると、差し出すフィンの指を噛《か》みかねない勢いで食べ始める。

「食べさせ過ぎるなよ。腹を壊すぞ」

赤ちゃん竜のお腹が膨れてくると、食べるスピードが遅くなった。

それと同時に、フィンは何となく便意《べんい》のような気持ち悪さを感じた。サンドイッチを包んでいた布の端《はし》を水で濡らすと、竜のお尻をチョイチョイとつつく。

「何をやっているのだ？　ウッ！　臭《くさ》い」

小さな身体から出た排泄物《はいせつぶつ》の臭さに、顔を近づけていたルーベンスは横を向いた。

フィンはこれで大丈夫、とお尻を綺麗に拭いてやる。

「動物の赤ちゃんは、お母さんがお尻を舐めてやらないとウンチが出ないんだ」

お腹いっぱいになり、ウンチもした竜の赤ちゃんはフィンの手のひらでうとうとしだす。

「お前は呑気だなぁ？　名前はなんて言うんだ？」

フィンは返事があるとは思わず、濡れている身体を拭いてやりながら話しかける。

『ウィニー』

眠たそうな金色の瞳をチロリと上に上げて、フィンの緑色の目を見つめて答えた。

『ウィニー！　それが君の名前なんだね。俺はフィンだよ、ちゃんと面倒見てあげるからね』

竜の雛は安心したように目を瞑ると、スヤスヤ眠りについた。

（こんなにチビでも話せるのか？　竜は魔力の塊《かたまり》だとアシュレイが言っていたと、トラビス師匠から聞いていたが……それにしても、子竜の世話は大変そうだ）

ルーベンスはフィンが農家育ちで動物の世話に慣れていて良かったと思い、自分には排泄物の世話は無理だと肩を竦める。

「それにしても、竜の卵を本当に孵すとは……」

これで魔法の技を教えてくれますねと、きらきらした目を向ける弟子見習いに、どうしたものかと溜め息をつく。

十一　ウィニー

フィンの腕の中で眠った竜の赤ちゃんを、吟遊詩人の真似をしながら魔法学校まで連れて帰るのをルーベンスは躊躇《ためら》う。

「フィン、レオナール卿の屋敷に帰るぞ。ウィニーは籠《かご》の中に入れておきなさい」

どっさりと詰《つ》めてある食べ物を粗末《そまつ》に捨てることなどフィンにはできないので、家に寄って渡すことにする。ルーベンスは竜の卵の殻も拾っておくように指示した。

「何の役にも立たないかもしれないが、記念にはなるだろう」

フィンは、ワインは師匠が飲むだろうと持って帰ることにしたが、実家にバスケットの中身を渡すまではウィニーを自分の上着の懐《ふところ》に入れておくことにする。

「おや、フィン？　サリヴァンへ出発したのでは無かったの……」

昨日、お別れを言ったフィンが現れて、メアリーは喜んだ。

「お母さん、花見をしてから出発しようとしたけど、屋敷の管理人さんが花見弁当を持たしてくれたんだ。師匠と二人じゃ食べきれないから、ちょっと寄ったんだよ」

一家は税金を免除されているため、前ほどは貧しい暮らしではなくなっているが、食べ物を無駄にする気持ちは微塵《みじん》もないのでメアリーは喜んで受け取る。

「お母さん、少しボロ布をもらえないかな？　楽器の手入れをしたり、馬具を磨《みが》いたりするから必要なんだ」

メアリーは何だか変だとは思ったが、節約心から溜め込んだボロ布をバスケットに詰めてやる。

フィンはそのボロ布の一部に見覚えがあった。兄達のお古《ふる》で、自分が幼い頃に着ていた服だった。

（これだけあれば、ウィニーの世話ができるだろう。少しずつ、排泄の躾けもしなくちゃね……竜も躾けられるかな？）

ルーベンスは本来なら吟遊詩人としての旅を楽しむつもりだった。

しかし今は、早く竜の赤ちゃんを安心できる魔法学校に連れて帰りたいので、レオナール家の馬車を借りることにしたのだ。

屋敷の管理人はやっと上級魔法使いが旅立ってくれて、ホッと一息ついていたところ、戻って来られたと召使いの報告を受けて驚く。

「サリヴァンまで馬車で送ってもらいたい」

レオナール卿からルーベンス様の御要望《ごようぼう》にお応えするようにと命じられている管理人は、定期便の御者にすぐに馬車を用意させた。

フィンは花見弁当の中からハムを少し取り分けて、ボロ布に包んでポケットに入れておいた。なので馬車の中でウィニーが目を覚《さ》まし、ピィピィ鳴いて空腹を訴《うった》えるのに応えられた。

ルーベンスも竜には興味があるが、若い時ならいざ知らず、こうも手間がかかるのでは面倒が見切れない。フィンに世話を任せることができて良かったと安堵した。

満腹《まんぷく》になると、ルーベンスが苦手な排泄となり、馬車の中に臭いが籠《こ》もるのではと顔を背《そむ》けるが、一度目ほどは臭くない。

「三百年近く腹に溜めていた胎便《たいべん》だったからか？　うん？　卵だから胎便とは呼ばないのか？」

ルーベンスはフィンに竜の育成日記をつけるように指示した。

竜の卵が孵ったら魔法の技を教えてくれると言ったのに、と文句をつけたフィンだが、バスケットのボロ布の中で眠るウィニーの可愛《かわい》らしさに、日記をつけることを承知する。

「ねぇ、師匠？　羽があるのだから、ウィニーは飛べるよね？」

鶏の雛ぐらいのサイズの竜にはコウモリの羽のような物がついていたが、まだクシャクシャとしていて大きさもわからない。フィンは、長年狭い卵の中に居たせいで、羽がこんなにクシャクシャになってしまったのかもしれないと心配したのだ。

「私も竜を見るのは初めてだからなぁ。伝説に残っている竜は、飛んでいたというが……」

竜から卵を受け取ったアシュレイがキチンとした記述を残していないのに、ルーベンスは少し文句を言いたくなった。

「師匠……夏休みに読んだ本で、竜を退治する英雄の物語があったけど、ウィニーは大きくなったら娘さんとか食べるのかな？」

フィンはこんなに可愛いウィニーが女の子を攫《さら》って食べたりはしないと信じていたが、彼が読んだ本には悪者として書かれていたので師匠に尋ねる。

「ウィニーがどれほど大きくなるかは私にもわからないが、卵から孵ったばかりでも言葉を話せるのだ。知性があるなら、人を食べないように教えることもできるだろう。少なくとも餌《えさ》をキチンと与えて飢《う》えさせなければ、人など襲《おそ》わないさ」

フィンはこの手のひらサイズのウィニーがどのくらいの大きさまで成長するのかと首を

傾げる。

「ウィニーの餌代《えさだい》をどうしたら良いのかな？　今は寮での俺の食事から肉とかを取っておけば良いけど、大きくなったら足りないかも」

ルーベンスはそれでなくてもチビ助なのにと、寮での食事はキチンと食べなさいと叱る。

「餌代ぐらい私が出してやるから、しっかり食べなさい。竜の卵はアシュレイからトラビス師匠が託された物なのだから、餌代などお前が心配する必要はない。それより学校に帰ったら、ウィニーをどうするか考えなくてはなぁ。マイヤー夫人が寮に置いてくれるかな？」

フィンも側に置いて世話をしてやりたいとは思うが、マイヤー夫人の反応が恐ろしい。

「まぁ、今は小さいし部屋で飼《か》えるだろう。しかし、大きくなったら……」

フィンも自分の部屋を占領するウィニーを想像して、う～んと唸《うな》る。フィンの不安を感知したのか、ウィニーの尻尾がピクピクと動く。

「大丈夫、大きくなるまで世話するから」

優しく撫でてやると、ウィニーはすぴぃと寝息をたてだす。

（どうやらウィニーはフィンを親と刷《す》り込んだみたいだな。それにしても、精神的に結《むす》びついているようだが……）

竜の誕生《たんじょう》は嬉しいが、それでなくともフィンと会いたがっているマキシム王の注意を引きそうだと眉をひそめた。

今回は吟遊詩人としての営業より、早くサリヴァンに着くことを優先したので、五月になる前に魔法学校に帰れそうだ。

一週間で、フィンが心配していたクシャクシャの羽は伸《の》びて、ウィニーは竜の子供らしくなった。しかし羽をバタバタさせ、バスケットには眠っている時しか入りたがらない。

「私達はウィニーの言葉がわかるが、多分普通の人にはピィピィとしか聞こえないだろう。竜は物語で悪者扱いされているから、少し大きくなるまでは知られない方が良い」

宿に泊まる時はバスケットに閉じ込めて部屋まで運び、女中が部屋に入らないように、水差しや燭台《しょくだい》などもフィンが取りに行った。

「師匠は気難《きむずか》しいから、部屋には立ち入らないでください」

上級魔法使いの弟子の言葉に、宿の主人は恐れて従う。気難しい魔法使いの気に障《さわ》るような真似はしたくないのだ。

「師匠、何だか皆びくびくしていますよ」

ルーベンスは日頃は吟遊詩人として営業をかけないような高級宿ばかりに泊まっているので、恐れられようがどう思われようが気にしない。食事もフィンに運ばせて、同じテーブルでウィニーに食べさせながら寛《くつろ》ぐ。

『もっと！』

ピィピィとしか音としては聞こえないが、フィンとルーベンスには意味が通じる。

ルーベンスはフィンが食べている間、ウィニーに肉を細かく切って与えるのは楽しむが、その後の排便《はいべん》の世話は絶対にしない。

フィンは良い所取りだと内心で愚痴ったが、師匠が餌をやるのを楽しんでいる様子を見てホッとした。

（お酒ばかり飲むより、ウィニーに肉をやりながら、自分の口にも運ぶから良いかも……）

フィン程の感応はしないが、ルーベンスはウィニーの空腹感に刺激されて、いつもより食事を取っていた。

フィンは食事を終えると、ウィニーを暖炉の前に連れて行き、濡らしたボロ布でお尻を突っつく。

『部屋の中では暖炉の灰の上でするんだよ』

灰の上ならスコップですくってトイレに捨てに行きやすいと、フィンはウィニーに教えようと頑張っている。

食後のワインを飲みながら、ルーベンスは桜の花から金色の光が飛び出る様子や、竜の卵が孵った時の感動を唄にしようと竪琴を奏でる。

（魔法学校の生徒はウィニーに危害を加えないだろうが、変な名誉欲からドラゴンスレイヤーを目指す馬鹿がいないとも限らないからなぁ。アシュレイの名前を出して、ウィニー

を保護する必要がある）

問題は、あの桜の下に眠っているのがアシュレイだと公表できない点だと、ルーベンスはドラマチックな話を隠しながらの作曲に難航《なんこう》していた。

十二　竜だぁ！

「えっ？　角《つの》が取れちゃった！」

フィンは宿の洗面器で、ウィニーに水浴《みずあ》びをさせた後、ボロ布でザッと拭いてやっていたが、竜の頭の真ん中にあった小さな角がポロリと取れたのに驚く。

『痛くない？』

『痛くないよ……』

ウィニーは狼狽《うろた》えているフィンを、不思議そうに金色の瞳で見上げる。

「多分、それは孵角《ふかく》だ。卵から孵る時に中からコツコツと叩くためのもので、用が済んだから自然と取れたのだろう。人間のへその緒《お》と同じようなものさ」

へぇ～と、小さな三角形のクリーム色の孵角を不思議そうに眺める。ウィニーは生まれた時は濡れて黒っぽかったが、近頃は卵の色のような青灰色になっている。

「額の小さな角はチャームポイントだったけど、取れても可愛いや」

卵の殻も一応は取っておいたが、ルーベンスは孵角をフィンから受け取ると、じっくりと眺める。サリヴァンまでの旅の間、ウィニーの世話をしたフィンにご褒美《ほうび》をあげようと、ルーベンスは孵角をポケットにしまった。

「明日にはサリヴァンに着くけど、マイヤー夫人はウィニーを寮においてくれるかな？」

駄目だと言われたら、ルーベンスの塔で飼うことになるが、卵から孵ったばかりのウィニーはまだ日に五、六回食事が必要だし、排便の躾けもできていない。

師匠は、食事は与えてくれるけど、排便は面倒みてくれそうに無いので、躾けができるまで塔に住み込むしかないかもとフィンは考える。

「さぁな、頼んでみるしか無いだろう」

綺麗好きなマイヤー夫人が竜の赤ちゃんとはいえ動物を寮においてくれるか、ルーベンスにも判断できなかった。しかし、ルーベンスもフィンもウィニーにめろめろなので、マイヤー夫人も大目に見てくれないかなと期待して眠った。

「小父《おじ》さん、ありがとう」

アシュレイ魔法学校の前で、レオナール家の馬車から降りると、荷物をルーベンスの塔に移動魔法で送る。

馬とロバは門番に預《あず》けて、フィンはガタガタ揺れるバスケットに『シッー』と言い聞かせて門をくぐった。

「まぁ、ヘンドリック校長にも、ウィニーを紹介しておくか」

ルーベンスはマイヤー夫人を説得する助《すけ》っ人《と》になるかもと、校長室へと向かう。師匠の後ろをバスケットの蓋《ふた》が開かないように押さえながらフィンはついて行く。

『ウィニー、良い子にしといてよ』

ウィニーは寝ている時以外は、狭いバスケットに閉じ込められるのが嫌いなので、ばたばた騒いでいるのをフィンは真剣に宥める。

ヘンドリック校長に良い印象を持ってもらいたかったのだ。

秘書のベーリングは予定より早く帰ったことと、ヘンドリック校長に挨拶に来たことに驚いたが、愛想《あいそ》良く案内する。

ベーリングは、おや？　と思った。フィンが大きなバスケットを抱え、自分の横を通り過ぎた時に『出して！』という声が聞こえた気がしたからだ。

フィンは蓋を押さえつけて『我慢して！』と小声で言い聞かせる。

ヘンドリック校長はベーリングにルーベンス様が挨拶に来ていると告げられた時から、凄く嫌な予感がしていた。フィンの持っているバスケットから魔力を感じる。

「ルーベンス様、何を持ち込んだのですか？」

帰着の挨拶もすっ飛ばしたヘンドリック校長に、ルーベンスは顔をしかめる。

「何も持ち込んでいないぞ。竜の卵はアシュレイが弟子に託した物だ。魔法学校が創立された時から、ここにあったのだ」

ヘンドリック校長は、竜の卵？　と聞いて、その件でアンドリュー殿下がフィンと何か揉めたとの報告を思い出す。

『駄目！　良い子にしていて』

フィンがバスケットの蓋を抱え込んで押さえているのに、ヘンドリック校長は怪訝《けげん》な顔をする。

「バスケットの中を見せてやれ」

ルーベンスの言葉で、まさかとは思いながらも、ヘンドリック校長はフィンが持っているバスケットを覗き込む。

「これは……竜ではないですか！」

ヘンドリック校長が驚いて後《あと》ずさると、ウィニーはヨチヨチとバスケットから出てくる。

アヒルの雛ぐらいの大きさだが、小さくても竜の形をしているとヘンドリック校長は真剣に観察する。

「竜の卵が孵ったのですか？」

先月のアンドリュー殿下の騒動で、フィンの魔唄まがいを聞いていたので、アシュレイが竜の卵を弟子達に託したことは知っていたが、まさか三百年も前の卵が孵るとは思ってもいなかったのだ。

『お腹がすいた』

ピィピィと鳴き声は音として聞こえるが、ヘンドリック校長も言葉が通じてびっくりする。

「話せるのですか？」

「校長も聞こえたのだろう、ウィニーは話せるのだ」

フィンは餌を強請《ねだ》るウィニーに、どうしたら良いのかと困る。ピィピィとフィンの足元で空腹を訴えるウィニーは可愛くて、餌をやりたいが、その後の排泄を校長室でさせるのは拙《まず》い。

「この竜をウィニーと名付けたのですか？　お腹が空《す》いているみたいですが、何か食べさせてやらないといけないのでは？」

ピィピィ鳴く声に、ヘンドリック校長は居ても立ってもいられない程、餌を与えなくては！　という気持ちになる。

ルーベンスはどうやらヘンドリック校長がウィニーにめろめろになりそうだとほくそ笑んだ。自分もウィニーにめろめろなのだが、ヘンドリック校長の前では平静を装《よそお》う。

「名付けたのではない、自《みず》ら名乗ったのだ。おやおや、腹が減っているみたいだな。でも、餌を食べた後は、ほらなぁ～こんな立派な校長室で、そのようなことは拙《まず》いだろう」

ヘンドリック校長はルーベンスの言葉でハッと理解したが、ピイピイと空腹を訴える声に負けた。

「動物の赤ちゃんは皆同じだ。フィン、餌を持っているなら、やりなさい」

ウィニーがフィンの足元から離れないので、餌を持っているのだろうと察したヘンドリック校長は、餌やりの許可を出す。

フィンは昼食を食べた時の肉を、布に包んでポケットに入れていたのを出して、ナイフで小さく切って与えた。

ウィニーがぱくぱくと食べる姿を、ヘンドリック校長は夢中で眺めている。

ルーベンスはあと一押《ひとお》しだと思い、ヘンドリック校長から餌を与えさせるよう、フィンに告げた。

『こんなに食べて大丈夫なのか？』

『もっと！』

ヘンドリック校長は、自分の手から次々と肉を食べるウィニーにめろめろだ。

フィンは肉をナイフで薄く削《けず》っては校長先生に渡すのに忙しかったが、食べるスピードが落ちてきて、そろそろ満腹なのだと気づいた。

最後の一切《ひとき》れを呑み込んだウィニーを、フィンは校長室の暖炉端まで抱いて運ぶ。

近頃はお尻をチョイチョイしなくても、食後に灰の上に置けば排便をする時もあったが、今回は駄目みたいでボロ布の出番だ。

「毎回、こうなのか？」

ヘンドリック校長も食事を与えるのは楽しいが、排泄の世話は大変そうだと思った。

「そのうち躾けられるだろうが、今はフィンが世話をしなくてはなぁ。まだ卵から孵ったばかりだから、一日に五、六回は食事をする。私には手にあまる」

ウィニーが排便を終えると、ヘンドリック校長は秘書のベーリングを呼んで、便を便所に捨てに行かせようとする。

「竜だぁ！」

秘書らしくない興奮した声に驚いたウィニーは、バタバタと羽を動かしながらほんの少し飛び上がる。

「飛んだね！」

フィンはウィニーを抱き上げて、頬《ほお》ずりする。飛んだというより、跳《は》ねたという方が近かったが、ルーベンス達も空を飛ぶ竜を想像してうっとりとする。

「ベーリング、そこの物を捨てて来なさい。それと、ウィニーを驚かしてはいけないぞ」

フィンは校長先生の秘書に便の後始末なんかさせられないと、慣れた手つきで灰掻《はいか》きで掬《すく》うと捨てに行った。ウィニーはフィンの後をよちよちとついて行くが、ルーベンスが校長室の扉の前で抱き上げる。

「もしかして、ウィニーにはフィンが親として刷り込まれているのですか?」

ベーリングは鳥の雛が卵から孵った時に、たまたま見た人間を親と刷り込んでついて歩くと本で読んだことがあった。

「ウィニーはフィンを親とは思ってないと思うが、世話を焼いてくれる人だとの認識はしているな。それと、精神的に感応しているから、離すのは難しいだろう。ほら、帰ってきたぞ」

腕の中で羽をバタバタさせていたウィニーを床におろすと、フィンめがけてよちよち歩く。その姿はハッキリ言ってみっともなかったが、全員が可愛い! と思ってしまう。

ヘンドリック校長は、どのようにして卵を孵したのか? 他の卵も孵るのだろうか? と質問する。

ルーベンスは他の卵も多分桜の木の下に持って行けば孵るのではと考えていたが、少しウィニーを観察してからにしようと、ヘンドリック校長にはハッキリとした答えを言わない。

「それより、ウィニーを寮に置くのをマイヤー夫人は許可してくれるだろうか?」

ヘンドリック校長はカリン村まで桜を見に行って、ウィニーが孵ったのではと察した。もしかしたら桜の木の下に眠っているのは……と想像していたが、マイヤー夫人と聞いて現実に戻る。

「ベーリング、マイヤー夫人を丁重《ていちょう》にお呼びして来なさい」

ベーリングは校長先生に言われなくても、マイヤー夫人には常に丁重に接していたので、キチンとお連れした。

「おや、おや、竜の卵が孵ったのですね」

床の絨毯の上でバタバタと羽の運動をしていたウィニーも、マイヤー夫人には行儀《ぎょうぎ》良くヨチヨチ前まで歩いていく。

「まぁ、可愛いこと！」

抱き上げても、クゥクゥと甘えた鳴き声で頭を腕に擦り付ける。

（流石竜は見る目があるなぁ。マイヤー夫人に逆らってはいけないと、一目で悟ったのだろう）

腕の中で微睡《まどろ》みだしたウィニーをマイヤー夫人も愛《いと》しそうに撫でている。

「このウィニーにはフィンの世話が必要です。独《ひと》り立《だ》ちできるまで、寮に置いて欲しいのですが」

ルーベンスの丁重な懇願《こんがん》に、マイヤー夫人は少し考える。

「今は小さいから良いですが、このウィニーとやらはどのくらいまで成長するのでしょう？」

ルーベンスは知らないと肩を竦める。マイヤー夫人は、当分は置いても良いですと許可を与えた。

「でも、独りで生活できるようになるまでですよ。それと、ベッドに入れてはいけません」

ピシッと注意すると、一日に何回食事をするのか？　何を食べるのか？　と世話を焼く注意点をフィンと相談する。

ウィニーを寮でフィンが世話できるのはホッとしたが、ヘンドリック校長は生徒達が大騒ぎしそうだと顔をしかめる。

自分でさえ残った竜の卵を孵して可愛いチビ竜を手に入れたいと考えるのだから、生徒達は欲しくて堪《たま》らなくなるのではないかと心配する。

案の定《じょう》、寮では竜フィーバーが起こった。

十三　竜フィーバー

マイヤー夫人の許可を得たので、フィンはバスケットにウィニーを入れて寮へ向かう。

「当分は部屋から出さない方が良いでしょう。餌は肉類なら何でも食べるそうだから、コックに用意させます。それと、誰か信頼できる友達に協力してもらった方が良いと思いますよ。本当なら今すぐお風呂に入るべきなのですからね」

ウィニーが居るので、部屋に女中や下男《げなん》にお湯を運んでもらえず、旅の途中はフィンが水差しにお湯をもらってくる程度だったのだ。しかもウィニーが水浴び好きと知ってからは、フィンもルーベンスもお湯を譲ることが多かった。

フィンはクンクンと服の匂《にお》いを嗅《か》いで、大丈夫だよねと頷く。マイヤー夫人は一瞬天罰を与えたくなったが、ウィニーが落ち着くまでは我慢しようと溜め息をつく。

二〇四号室に着いた時には、食事も排便も済ませたウィニーはバスケットの中で尻尾をくるりんと巻いて眠っていた。

「まぁ、愛らしいこと……このまま大きくならないのなら、私も欲しいぐらいだわ」

フィンはできたら乗れるぐらい大きくなれば良いなぁと考えていたので、愛玩《あいがん》動物じゃないよと内心で文句を言う。

マイヤー夫人が部屋から出ていくと、フィンは自分の荷物をルーベンスの塔から呼び寄せて洗濯物を纏めたり、白のチュニックに着替えたりする。

そうこうしているうちに、午後の授業の終わりを告げる鐘《かね》が鳴る。

「また、宿題が溜まっているんだろうなぁ」

春に旅行するので冬休みに予習はしていたが、一ヶ月以上も休んだので勉強が遅れてしまったのは確実だ。

それでも、すぅぴぃと微《かす》かな寝息を立てているウィニーを見ると、些細《ささい》なことに思える。

まずはパックとラッセルとラルフに、ウィニーを紹介しようと考える。後は仲の良い同級生と、ファビアンにも会わせたいなぁと呑気に指を折った。

「あっ、フィオナとエリザベスに、冬至祭のプレゼントを選んでくれたお礼を言わなきゃ……ううん、女の子は竜は苦手かな？　マイヤー夫人は可愛いと思ってくれたけど、どうだろう？」

フィンにとって、丸まって眠る竜はとても可愛く見えたが、女の子は爬虫類《はちゅうるい》が嫌いかもしれないと首を傾げる。蝙蝠《こうもり》に似ている羽を器用に畳《たた》んで寝ている姿は、大蜥蜴《おおとかげ》に似ているかも、とフィンは笑った。

がやがやと廊下《ろうか》が賑《にぎ》やかになり、パック達を呼びに行こうとドアを開けた途端に、本人とぶつかりそうになった。

「やぁ、フィン！　帰ってきたんだ！」

お帰り！　と抱きつき背中をばんばん叩くパックを、フィンは引き剥《は》がして、側にいるラッセルとラルフと一緒に部屋に連れ込む。

「絶対に、大声を出さないでね！」

三人は何だろう？　と怪訝な顔をしたが、床に置いてあるバスケットの中に子犬か子猫を拾って来たのかなと困惑した。

「フィン、寮でペットは飼えないよ」

天罰が発動するのではと、小声でラッセルは注意する。

「マイヤー夫人には許可を取っているよ。ほら、ウィニーだよ」

バスケットの蓋を開いて、ボロ布の中で寝ているウィニーを紹介した。

「竜だ！　卵が孵ったの？」

「フィン！　これは竜じゃないのか」

「竜だ！　竜だ！　竜だ！」

一瞬、呆気《あっけ》に取られて息を呑んだ三人は、先程の注意など忘れて叫んだ。

「シ～！　シ～！　シ～！　大声を出さないでと言っただろ～」

普段なら自習時間にこれだけ大騒ぎしたら、天罰が発動する。

今回はどうにかセーフだったとフィンがホッとする一方、ウィニーは不機嫌そうに目を開けた。

「うわぁ～！　金色の瞳なんだね～」

知らない三人にウィニーは驚き、ぱたぱたと羽ばたいて、フィンの腕の中に飛び込む。

「飛べるんだぁ～！」

飛ぶというより、跳ねたのだが、そんなの誰も気にしない。

『ウィニー！　飛べるんだね』

フィンは頬ずりして褒める。

『飛べる！　フィンを乗せて飛ぶ！』

ピイピィという音だけど、話ができるんだ！　と三人は大興奮だ。フィンはウィニーに三人を紹介する。

『俺がいない時は、パック、ラッセル、ラルフが世話をしてくれるからね』

『フィンがいなくなるの？』

ぴよ～と元気を無くすウィニーに、慌てて、ずっと一緒だと言い聞かす。

『私はフィンの友達なんだ。ウィニーとも友達になりたいな』

そっと差し出された手をくんくんしていたウィニーは、ジッとラッセルの目を見て頷く。

狡《ずる》いぞ！　パックとラルフも友達になろうとアピールする。

「ところで、どうやって竜の卵を孵したの？」

優等生のラッセルはウィニーにめろめろでも、疑問を忘れない。

「魔力を注いだんだ、いっぱいね」

桜の妖精は先祖の魔法使いの魔力が集まった物だから、凄く端折《はしょ》った説明だけど嘘ではない。

でも何故か、桜の大木のお陰でウィニーが孵ったことは秘密にしなくては、と思ったのだ。

（ファビアンになら話せるのになぁ）

ここにいる三人は自分の友達だし、信頼もしているが、この件はファビアンには話せても、三人には今は話せないと感じる自分がよく理解できなかった。

フィンの腕から飛び降りて、よたよたと足元を歩き回るウィニーに三人は夢中で、フィンの困惑には気づかない。

「当分は部屋から出さないようにしようと思うんだ。魔法学の時間はバスケットに入れて、師匠のところに連れて行くけどね。授業中は部屋に閉じ込めておくしかないけど、ウィニーは一日に五回は餌を食べたがるから、少し手伝ってもらわなきゃいけないかも……」

朝食、十時、昼食、三時、夕食のうち、これから山ほど溜まった宿題をしなくてはいけないフィンは、特に三時の自習時間の食事を手伝って欲しいと頼んだ。

「宿題かぁ、ウィニーの世話は私達も協力できるけど、かなり溜まっているんじゃないかな？」

二年生になり、古典もただ読んでこいという宿題では無くなり、纏めたり、レポートを書かされたりすることが多くなった。

古典が苦手なパックも締め切りに追われている。

歴史とかも、年号や出来事を覚える宿題から、何故そうなったのか？　とかを考えて書くレポートが増えていたので、当分は勉強漬《づ》けだなぁと溜め息をつく。

ウィニーが寮に慣れるまでは、このメンバーだけの秘密にしておこうと話していたが、ノックと同時にドアを無作法にも開けてアンドリューが入ってきた。

「フィン！　お帰り！　こんなに長い間……竜だ！　卵が孵ったの？」

開け放されたドアの向こうで、アンドリューを止めようとしていた一年生の級長ユリアンも、「竜だ！」と驚いて叫ぶ。

咄嗟《とっさ》にラッセルはアンドリューとユリアンを引っ張り込んで、ピシャリとドアを閉めたが、廊下は大騒動になってしまった。

お騒がせ殿下に、全員があちゃ〜と頭を抱えたが、本人は竜に夢中で気づいていない。

お世話係になってしまっているユリアンは、上級生の複雑そうな顔に小さくなったが、それでも竜からは目が離せない。

「チビ竜、可愛いなぁ」

よちよち歩くのを抱き上げようと、アンドリューは追いかけまわし、ラッセルに叱られる。

「ウィニーが嫌がっているでしょう。まだ、卵から孵ったばかりなのですから、大声や追い回すのは厳禁《げんきん》ですよ。そんなことをしたら、嫌われますよ」

フィンの腕の中に飛び込んだチビ竜に嫌われたのかと、アンドリューはショボリする。

『ウィニー、この人はアンドリューというんだよ。悪いことはしないよ』

『本当？』

ウィニーはフィンの言葉を聞いてから、アンドリューの目を見て尋ねる。

『ウィニー！　話せるのだね！　私は悪いことなんかしないよ、誓《ちか》うよ！』

撫でても良いですよと、フィンはウィニーをアンドリューに差し出す。

アンドリューは、竜って思ったより温かいんだと思いながら、やんちゃ坊主のわりに優しい手つきで撫でた。

「ユリアンも撫でて良いよ」

いつもアンドリュー殿下の世話を焼いている苦労人のユリアンにも、フィンはウィニーを撫でさせてやる。

部屋の中は落ち着いたが、今度は廊下が大騒動になっているのに気づいて、ラッセルはどう収拾《しゅうしゅう》したら良いのかと溜め息をついた。

十四　他の卵

マイヤー夫人の堪忍袋《かんにんぶくろ》の緒《お》は切れやすい。自習時間に部屋で騒いだフィン達に対しては、ウィニーの可愛らしさと、誰かが世話を手伝う必要もあるだろうと天罰発動を抑えたが、二階全体の大騒動まで見逃すはずがなかった。

「痒《かゆ》い！　痒い～！」

廊下で騒いでいた生徒達は、身体を掻きむしりながら自習室へと駆け込み、格好だけは勉強を始める。

痒みが無くなっても、この日の自習ははかどらない。全員が竜のことに夢中になっているのだから当然だ。

特にフィンの魔唄もどきを聞いた生徒達は、あの伝説のアシュレイが持ち帰った竜の卵が孵ったのだと興奮が抑えきれなかった。

「何個かあったよなぁ……」

「でも、フィンはああ見えてルーベンス様の弟子見習いだから、孵せたんじゃないか？」

「魔力を注ぐと言って、持ち歩いていたよなぁ……」

コソコソと話に熱中している。

フィンの部屋からアンドリューとユリアンを追い出して、ラッセルはどう騒動を収めようかと悩む。

一応、廊下で騒いでいた生徒達は自習室に籠もっているが、とても勉強をしているようには思えない。

熱気で玉子焼が出来そうだと口にしそうになったのを、竜の卵を思い出して拙《まず》い例えだと考え直すくらい、ラッセルは混乱していた。

呑気に床に座り込んでウィニーと遊んでいるパックとフィンには溜め息しか出ない。

「ラッセル、この騒ぎを気にしているのかい？　そんなの、なるようになるよ～。それより、あのウィニーの格好を見ろよ！　可愛いなぁ～」

いつもは冷静で自分をサポートしてくれるラルフも、ウィニーにめろめろだ。フィンはボロ布を丸めてボールを作り、投げてやっては取って来させる。

「犬じゃないんだよ～」

ラッセルは貴重な竜に持って来いをさせるなんてと呆れるが、ウィニーがボールを咥《くわ》えてよた歩いて来る姿に胸を鷲掴《わしづか》みにされた。

「今度は手で持って来るんだよ」

小さな手で、ボールをしっかりと持っている姿に、ラッセルは騒動の件は後で考えることにした。

結局、皆で床に座り込んで順番でボールを投げる。

そこに、下級生の騒動を聞きつけた自治会のメンバーが、調査の名目《めいもく》で二〇四号室にやってきた。

間が悪くラッセルが投げたボールをウィニーが取って来て、彼が抱き上げてよしよしと頬ずりしている時に、カインズ自治会長がノックして部屋に入ってきた。

「本当に、竜が孵ったのだね」

気まずそうにウィニーを床に降ろして、ラッセルは立ち上がると、自治会のメンバー達にも竜がよく見えるように場所を譲る。

狭い部屋は満杯《まんぱい》になったので、パックとラルフは自習室へ向かった。

ラッセルは残って、フィンと自治会の話し合いに立ち会う。

自治会のメンバーにフィンはウィニーを紹介して、まだ世話が必要なので友達に協力してもらうつもりだと話した。

「でも、授業中はこの部屋に独りで居させるのだな。竜を連れ去ろうとする生徒がいるかもしれない」

全員が、かつてアンドリューが卵を持ち出したことを思い出す。

名指しこそしなかったが、こんなに可愛い子竜なのだから自分の物にしたいと思うのではと、カインズ自治会長は心配する。

「アンドリューは大丈夫ですよ。ちょこちょこ顔を出すかもしれませんが、私が注意して下級生としてわきまえさせます」

従兄のラッセルなら、我が儘殿下の扱いも慣れているだろうとカインズは任せることにする。

ウィニーはお昼寝の途中で起こされたのと、ボール運動で疲れたのとで、バスケットにする。

よたよた入ると、くるりんと尻尾を丸めて眠り始めた。

（うッ！　可愛い！）

自治会のメンバー達は、魔法学校の生徒が、アシュレイが弟子に託した卵から孵った竜の赤ちゃんを傷つけるとは考えたくなかった。だが、この愛しさ故に間違いを起こす者が出かねないと心配して、それとなく気をつけようと目配《めくば》せし合う。

寮での竜フィーバーより、校長室での教授達の興奮の方が激しかった。

今すぐでも竜を観察したいと騒ぎ立てる教授達に囲まれて、ヘンドリック校長はサッサと塔に逃げ出したルーベンスを恨む。

「他にも卵があったはずです。一つが孵ったのなら、他の竜も孵るのでは！」

世間からはアシュレイ魔法学校の教授だと尊敬を集めている魔法使いのフィーバーぶりに、実際にウィニーを見せたら大混乱になるとヘンドリック校長は頭を抱えた。

「他の卵は、ルーベンスの塔にあります。興味のある方は、こんな所で騒いでないで、ルーベンスの塔へ行ってください。しかし、忠告しておきますが、フィンはルーベンス様の弟子見習いですし、ウィニーはマイヤー夫人が管理する寮にいることをお忘れなく。春学期の途中で行方《ゆくえ》不明にでもなられたら、授業に支障がでますからなぁ」

ヘンドリック校長はやけになって、ルーベンスとマイヤー夫人に竜騒動を押し付けることにした。

しかしこの時、ヘンドリック校長は魔法使いの探求心《たんきゅうしん》というか、伝説の竜への憧《あこが》れを軽く考えていた。

マイヤー夫人管轄《かんかつ》の寮には足を踏み入れるのを躊躇《ためら》ったが、ルーベンスの塔には次々と教授達が押し寄せた。

ルーベンスは教授達を塔に招いたりはしなかったが、毎日、昼からの魔法学の授業を受けに来るフィンと一緒に上がってくるのだ。

バスケットの中からウィニーがばたばたと飛び出すと、おお〜っ！と歓声が上がる。

それでなくても同級生より遅れている魔法学の授業が、ぴったりとくっついてくる教授達によって邪魔されるのにはフィンも嫌気が差した。

「もう、良いだろう！」

もちろんルーベンスは気儘な塔での生活を乱されて腹を立てた。教授達を追い返すと、きょとんと見上げているウィニーを抱き上げて、お前さんを怒ったんじゃないよと頬ずりする。

「師匠、他の卵を教授達に渡して、魔力を注がしたらどうですか？　そうしたら、当分は大人しくしてくれるのでは……」

う〜む、とルーベンスは悩む。

（確かに竜の卵を彼らに渡せば、当面は夢中になって魔力を注ぐだろうから、塔に邪魔をしに来ないかもしれないな。しかし、竜の卵は桜の大木の下に眠るアシュレイの残存魔力で孵ったのだ。他の教授達に、この件は今は知らせたくない。フィンがアシュレイの子孫だと知ったら、竜フィーバーどころではなくなるぞ）

それと、竜が孵してくれた相手と精神的に結びつくのをウィニーで知ったルーベンスは、自分が死んだ後でフィンを支えてくれる魔法使いに、卵を託したいと考えていた。

命が尽きる直前の竜からアシュレイが魔力をもらった、という伝説は眉唾《まゆつば》だとルーベンスは考えていたが、ウィニーは魔力の塊に見える。

シラス王国唯一の上級魔法使いとして、責任と孤独《こどく》を感じるだろうフィンに、ウィニーは良いパートナーになるだろう。

それに、他の竜達も仲間の魔法使いの魔力を高めてくれるのではないかと期待していた。

ルーベンスはトラビス師匠の書棚に置いてある卵をどうしようかと思案しながら、フィンに竪琴を練習させる。

「師匠〜！　竜の卵を孵したら、魔法の技を教えてくれると言ったのに……」

ぶつぶつ言いながら竪琴を奏でるフィンを、ウィニーはジッと見つめている。

何だかんだと文句を言いながらも竪琴の練習を続けているフィンは、普通の吟遊詩人の弟子ぐらいには上達していた。

「これは新しい曲だ、よく練習するのだぞ。一般の人々は竜を怖《こわ》がる。ウィニーを敵視《てきし》させないために、アシュレイ様に少し手伝ってもらおうと思ってなぁ」

フィンに楽譜《がくふ》を渡して、ルーベンスは『アシュレイと竜』『竜の卵』『ウィニー』という三部作を、竪琴を奏でながら唄う。

前の二曲もかなり手直しされて、魔唄の映像もくっきりと美しい。

『ウィニー』では、アシュレイから託された竜の卵が、満開の桜の下で揺れて、コツコツと中から必死に孵角で叩く音まで表現されていた。

ウィニーはうっとりとルーベンスの魔唄を聞いていたが、自分の誕生の瞬間を思い出したのか、ピィ～ピピィ～とメロディに合わせて首を振りハミングしはじめた。

ウィニーはフィンより音楽的素養がありそうだと、ルーベンスは竜を抱き上げて笑う。

フィンも、皆がウィニーを嫌わないで欲しいと思い、真剣に三部作を練習することを決心した。

十五　期末テストは大騒ぎ

アシュレイが弟子達に託した竜の卵が孵ったというニュースは、当然だがマキシム王の耳にも入った。

「アンドリューは竜を見たのか？」

竜が孵ったという重大な事柄《ことがら》なのに、直接見ることもできず、キャリガン王太子から聞くしかない。マキシム王は頑固《がんこ》に王宮に来ないルーベンスに腹を立てる。

「アンドリューはウィニーに夢中ですよ。まだ小さくて可愛い盛りみたいで、週末に王宮に戻るのも嫌がるほどです。グレイスが寂しがるので、顔は見せに来ますが、すぐに寮に帰ってしまいます」

我が儘に育ったアンドリューが魔法学校に順応できるかと心配していたが、この頃は寮に入り浸《びた》りだ。

「アンドリューが真面目に勉強しているのは喜ばしいが、そのウィニーを私も見てみたい。ルーベンスも久しく顔を見ていないし、弟子のフィンにも会いたいのだが……」

王はルーベンスに王宮に来いと命じても無視され続けている苛立《いらだ》ちを呑み込んで、王太子にフィンの印象を質問する。

「前にも言いましたが、見た目はごく普通の農家の少年です。あの時はアンドリューが竜の卵を勝手に持ち出して、騒動を引き起こしたのですが、返してくれたのだから良いと許してくれましたね。性格は師匠のルーベンス様と違い、温厚だと思いました。ただ、彼は農民出身ですから……」

王太子がフィンを農民出身だからと差別したのではなく、上級魔法使いとして国を守護していく重荷を背負いきれるのかと心配しているのだとマキシム王は頷く。

「ルーベンスは気儘だが、上級魔法使いとしての覚悟を持っている。それはアシュレイの弟子であるトラビスから受け継いだ物でもあるが、彼は元々が貴族階級だからなぁ」

昨今のサリヴァンには、国を護るという覚悟を持たない貴族が蔓延《はびこ》っていると、二人は眉をひそめる。

「ルーベンス様はフィンに少しずつ上級魔法使いとしての心構えを教えていくつもりなのでしょう。それまでは王宮には来させないでしょうね」

マキシム王は、フィンとウィニーに会いたいと溜め息をつく。

祖父と父親が溜め息をついている頃、アンドリュー殿下は従兄のラッセルに叱られていた。

「アンドリュー、下級生はむやみに上級生の部屋に来てはいけないと、何度注意したらわかるのですか?」

二年生の級長としての注意も、フィンの部屋の床に座り込んで、ウィニーと遊んでいるアンドリューの耳には届かない。

「ウィニー！　ほら、キャッチ！」

布のボールを少し上に投げてやり、ウィニーがジャンプして咥える可愛い姿に夢中だ。

部屋の主のフィンは期末テストの勉強で、自習室に籠もっている。

ウィニーが独りで留守番するのは可哀想だと、アンドリューはフィンが自習室にいる隙《すき》を狙《ねら》って部屋でウィニーと遊ぶのだ。一年生の級長ユリアンも、アンドリューを呼びに来る。

「アンドリュー、勉強しないと飛び級どころか留年《りゅうねん》しちゃうよ」

そうだった！　とアンドリューはウィニーに、またね！　と手を振って渋々フィンの部屋から出て行く。

『きゅるるん〜』

ボールを咥えて自分を見上げて、尻尾をぱたぱたさせているウィニーにラッセルは負けた。フィンが自習室に籠もるのはこれが原因だと、遊び疲れてバスケットで眠ったウィニーに苦笑して、そっとドアを閉めて出て行く。

「ラッセル、ごめんね〜」

自習室に現れたラッセルがウィニーの相手をしてくれていたのだな、と察したフィンが声をかける。

「ウィニーは遊び疲れて寝ているよ」

うっ！　可愛いだろうなぁと、同級生達はサッサと勉強を終えて、ウィニーと遊ぼうと集中する。フィンは師匠と旅をして学校を休んだ間の宿題をこなしながら、ウィニーの世話をしていたので、期末テストの準備が他の同級生に比べるとできていなかった。

（夏休みは師匠が旅に出ると言っていたから、それまでにウィニーをもっと躾けなきゃいけないんだけど、期末テストも頑張らなきゃね〜）

師匠のルーベンスに恥《はじ》をかかせたくないと、フィンなりに奮起《ふんき》しているのだ。

期末テストが始まった。フィンの事情など知らないウィニーは、寮のバスケットで目覚《めざ》めて独りきりだと気づく。

『フィン！　どこ？』

少しお腹も空《す》いていたウィニーは、夏になって開けてある窓を眺める。羽をばたばたさせながら走って、窓枠《まどわく》に着地する。

ウィニーは中庭越しに、フィンを探す。

『あそこにいるんだ』

校舎には教室が沢山あるので、フィンがどの部屋にいるのかはわからなかったが、近くに行けば見つけられると考える。

下を覗いて、芝生も気持ち良さそうだと、ウィニーは羽をはばたかせる。そして落下に近い滑空《かっくう》で、中庭の芝生の上に着地した。

校舎の方へよたよたと歩くと、フィンのいる教室がわかった。ウィニーには、フィンが壁越しでも輝いて見えるのだ。

『フィン！』

芝生の上を走って羽を思いっきりばたばたさせて、教室の窓枠を飛び越す。

『ウィニー！』

期末テスト中に突然ウィニーが飛び込んできたせいで、教室は大騒ぎになった。

「フィン、ウィニーを外に出しなさい」

テストの監視《かんし》をしている教授に言われるまでもなく、フィンは慌ててウィニーを抱き上げると外に連れて行く。

『ウィニー？　どうやって来たの？』

寮の部屋には基本的に鍵は無いが、ウィニーが外に出ないように、外側から簡単な閂《かんぬき》を掛けてある。

『窓から飛んで来たんだ！』

得意満面《とくいまんめん》のウィニーだが、フィンは怪我をしなかったか？　と慌てて身体を調べる。

『良かったぁ、怪我はしてないね。でも、これからは窓を開けっ放しにできないなぁ』

ウィニーはピスピスと怒る。

『ごめん、飛べたんだよね～！　凄いなぁ、後で見せてね』

頬ずりして褒めてくれるフィンに、ウィニーも自慢そうにクウクウいう。

「フィン？　テストはもう良いの？　私は終わったからウィニーに餌をあげるよ」

優等生のラルフはサッサと解答を書き上げて、午前中の餌の時間だからと手伝いを申し出てくれた。フィンはラルフにお礼を言うと、ウィニーを手渡して教室に帰った。

（ウィニーに餌やりをするチャンス！）

そう思った同級生達は、解答を書くスピードを上げる。

ラッセルがテスト用紙を持って席を立つのを、羨ましそうに眺める暇も惜《お》しい。試験監督の教授はやれやれと肩を竦めた。

「ラルフ、ラッセル、ありがとう！　助かったよ～」

食堂で餌を受け取って、フィンの部屋で、二人は交代で餌をやっている。

「いやぁ～、これくらいなんでもないよ～」

ラルフは、もっとお食べ！　と肉を差し出しながら答える。フィンは窓を閉めたら暑いかなぁと思案する。

「期末テスト中は誰かに預かってもらった方が良いかも……」

ラルフもラッセルも預かりたい！　と思ったが、フィンのテスト中は自分もテストを受けなくてはいけないのだ。

「師匠に預かってもらおうかな……近頃は灰の上に置けば、勝手にしてくれるし……でも、午前中は寝ているから駄目だよなぁ。それに塔から落ちたら大変だよ～」

フィンが悩んでいると、マイヤー夫人が騒ぎを聞いて顔を出す。

『ウィニー、教室に行っては駄目ですよ。フィンのテストが終わるまで、私が世話をしましょう』

そう言うとウィニーを抱き上げて、灰の上に乗せる。

「フィン、始末はしておいてね」

フィンはマイヤー夫人に逆らってはいけないと、抗議するのをグッと堪えた。

ウィニーは寝る時と朝食の時しかフィンと過ごせないので寂しくてピスピス鳴くが、マイヤー夫人はこの際だからとお行儀を躾ける。

「やったぁ！　期末テストが終わったよ～」

最後のテストを終えて、フィンはマイヤー夫人の部屋へと急ぐ。

『フィン～！』

ノックしようとしたら、マイヤー夫人がウィニーを肩に乗せて出てきた。

羽をばたばたさせるウィニーに、マイヤー夫人が『メッ！』と叱り、大人しくさせる。

そして手首に乗せて、フィンの肩へと渡してくれた。

『ウィニー！　肩に乗れるんだね！』

ウィニーは自慢げに目をくるりんと回す。

「これでウィニーを連れて歩きやすいでしょう。あと、ウィニー！　隠れて！」

マイヤー夫人の命令で、ウィニーはフィンのチュニックの下に潜《もぐ》って小さくなった。

旅をする際に、ウィニーをずっとバスケットの中に入れておくのかと心配していたフィンは、躾けてくれたマイヤー夫人にお礼を言う。

「本当ならもっと大きくなるまでは魔法学校から出さない方が良いと思いますが、ルーベンス様の旅行好きは仕方ありませんからね」

ウィニーはチュニックの襟《えり》刳《ぐ》りから顔を出して、きゅるると鳴いた。

『フィンの言うことを聞くのですよ。外には竜を捕まえようとする者もいますからね』

『悪い人がいるの？』

出していた顔を引っ込めて、ウィニーは不安そうに尋ねる。

チュニックの上から押さえてやって、フィンは大丈夫だよと安心させた。

『本当に？』と顔を出して尋ねるウィニーを肩に乗せ、師匠に会いに行く。

ルーベンスの塔の螺旋《らせん》階段を登る時に、フィンはウィニーが肩から落ちないかなと心配したが竜は上手くバランスをとる。

『おお！　ウィニー、上手いこと肩に乗れるようになったなぁ』

羨ましそうな師匠の肩にウィニーを乗せると、ルーベンスは嬉しそうにハムをやる。

『美味《おい》しいかい？』

ウィニーが、もっと！　と催促するので、ルーベンスは可愛いなぁと甘やかす。

「師匠、食事時間以外に食べ物をやらないでください！」

折角マイヤー夫人が躾けてくれたのに台無《だいな》しだ、とフィンは溜め息をつく。

「ふん。で、テストは合格したのだろうな。ヤンに宿題を出されては旅行どころではないぞ」

多分大丈夫だとは思うが、ウィニーが乱入した古典のテストはギリギリかも、と首を竦める。

「それより、もっと良いこともできるのですよ。ウィニー、隠れろ！」

成績のことから話を逸《そ》らしたくて、フィンはウィニーに新しい芸をさせたが、ルーベンスはチュニックを着ていない。突然ウィニーに服の中まで潜り込まれたルーベンスは、驚いて「竪琴の練習を二時間しろ！」とフィンを怒鳴りつけた。

十六　夏休みは……

心配していた古典もフィンは合格し、ヤン教授に呼び出されることはなかった。

ウィニーを旅に連れて行くために、フィンが命じたらバスケットに入ることを教え込む。

バスケットの中で、良いよ！　と言うまでじっとさせるのだ。

（魔法学校ならチュニックを着ているけど、夏場の旅行はコートも着ないから、服の下に隠れるのは無理だよ）

その代わりに運動は十分にさせたので、ウィニーは二階からなら上手に飛べるようになった。

下からはまだ二階に飛べないのが、ウィニーにとっては悔《くや》しい。

『一気には飛べないよ』

フィンに慰められるが、ウィニーは納得しない。

『風に乗れたら、飛べる』

ウィニーは金色の瞳で風の流れを見ると、羽で飛ぶだけでなく、風を利用して舞い上がる。

『ウィニー！　飛んでいる！』

今までは二階から滑空して、下から飛び上がる程度だったのに、ウィニーは魔法で飛んでいるのだとフィンも風を見てわかった。

「羽ばたいているだけじゃ無いんだ……と言うことは、人も風に乗れるのかな？」

気持ち良さそうに空を舞うウィニーを見ているうちに、フィンは呼吸を整えると真似をして風を捉える。ふぁあと空に舞い上がったまでは良かったが、下を見たのが悪かった。

「ひゃあ～！　落ちる～』

ウィニーの飛翔《ひしょう》を塔から笑って眺めていたルーベンスは、フィンが真似をして上級魔法の技を使ったのに驚いた。

「おっちょこちょいめ！」

パニックになって、墜《お》ちていく弟子を、風のクッションで受け止める。

ぽわん！　と芝生に軟着陸したフィンは、当然の如《ごと》く天罰の雨に見舞われた。

『フィン？　大丈夫？』

ウィニーは水浴びが大好きなので、雨も大歓迎だ。

『人間は飛ぶようにできてないのかもね……クション』

マイヤー夫人に叱られるまでもなく、フィンはウィニーを抱き上げると風呂場に直行した。

風呂場では、毎年春学期の終わりに新入生が中庭の芝生を横切って天罰を発動させるので、お湯が沸かしてあった。

「すみません、ウィニー用に盥《たらい》を出しても良いですか？」

竜は冷たい水でも平気だが、お湯ももちろん大好きだ。盥にぬるま湯を入れてやると、ウィニーは満足そうにばちゃばちゃする。

フィンが手早く風呂から出た頃、新入生達がずぶ濡れで笑いながら風呂場へ来た。

「あっ！　ウィニーが水浴びしていたんだ！」

もう少し早く来れば良かったと、アンドリューは悔しがる。

「早くお湯に入った方が良いよ。天罰の雨は氷みたいだから」

ずぶ濡れでウィニーを拭くのを手伝おうとするアンドリューを断って、風呂に入らせる。

「あれ？　フィンもお風呂に入ったの？」

まずはウィニーに目をやっていた新入生達は、昼間なのに風呂上がり姿だと気づく。

「まさか、先輩も天罰を受けたのですか？」

まあね、と曖昧《あいまい》に誤魔化して、拭き終えたウィニーを連れて逃げ出す。


風のクッションのお陰で怪我をしなかったと、お礼をルーベンスの塔まで言いに行く。

軽率《けいそつ》な行動を、師匠からみっちりと説教された。

「思いついたまま、魔法の技を使ってはいけない。それと、パニックになるなど魔法使い失格だ！　落ち着いて風を操《あやつ》れば、自分で降り立てたはずだ」

ごもっともと、フィンは黙って反省していたが、ウィニーはぷすぷすと反論する。

『フィンと一緒に飛びたい』

ウィニーに甘いルーベンスだが、まだ空中飛行はフィンには早いと却下《きやっか》した。

『それより、ウィニーは飛べるようになったのだねぇ。どうやって飛んだのだね？』

ルーベンスに褒められて、ウィニーは塔の周りをぐるりと一周する。

『やはり、ウィニーは風の魔法体系に属しているから、風の流れを読むのが上手いなぁ』

飛行を褒められた上に、ご褒美にハムをもらってウィニーは上機嫌だ。

「師匠？　ウィニーが風の魔法体系に属しているなら、他の竜も何かの魔法体系に属しているのですか？」

ルーベンスは他の卵の色から、火、水、土の魔法体系に属する竜が孵るのではと考えている。

『風の竜だから、ウィニーなのか？　ウィニーの名前は誰が付けたんだい？』

ウィニーは質問の意味がわからず、首を横に振った。

（トラビス師匠から伝え聞くアシュレイ様は、おおざっぱな性格だという印象がある。このネーミングセンスはアシュレイ様では無いのか？）

他の卵を孵せばわかるかなと、ルーベンスは苦笑する。

『ウィニー、これから旅に出るが、竜を怖がったり、欲しがったりする人もいる。私がお前に姿消しの技を教えるから、できるかな？』

そう言うとルーベンスは姿を消した。

「師匠！　ウィニーにばかり狡《ずる》いよ～」

フィンは師匠が自分には魔法の技をあまり教えてくれないのにと文句を言ったが、それなら見て覚えれば良いのだと真剣になる。

呼吸を整えて、魔法の残像《ざんぞう》を見つめるフィン。

フィンよりウィニーの方が先に、空気の流れの間に身体を滑り込ませて、姿を見えなくさせる技を理解して実行した。

『ウィニー！　そうか、滑り込ませるんだ』

師匠の時はわからなかったが、フィンはウィニーの真似をする。

ルーベンスは技を解いて、ウィニーとフィンが姿消しの技をマスターしたのに満足した。

『ウィニー、フィン、上手くできているぞ』

褒められて、姿が消えているんだとフィンは技を解く。ウィニーは姿を消したまま、フィンの肩に乗った。

『ウィニー？　姿を現してよ』

肩にウィニーの体重を感じるが、姿が見えないので変な気持ちになる。クウクウと自慢そうに鳴きながら、ウィニーは姿を現す。

ルーベンスは、竜は魔力の塊だなぁと改めて感じる。

「フィン。空中飛行や姿消しの技は、緊急《きんきゅう》事態を除《のぞ》いて、使ってはいけないぞ。お前はまだ成長期だから無理をしてはいけない、ああ、ウィニーも成長期だが、竜は持つ魔力の桁《けた》が違う。フィン、よくウィニーを見てごらん」

フィンは抗議しかけたのを制されて、ウィニーを肩から手に移しジッと見つめる。金色の瞳で見つめ返されて、ウッ可愛い！　と気を逸らされそうになるが、真剣にウィニーを見つめると、眩《まぼゆ》いくらいの魔力の塊だと気づいた。

「わかったか？　ウィニーはまだチビ竜だが、人間とは魔力の桁が違うのだ。フィン、正直に言いなさい。空中飛行と姿消しを、ほんの数分しただけだが、疲れを感じてないか？」

確かにフィンは少し疲れを感じていたので、素直に頷く。

「お前さんがチビのままで良いなら知らないが、一人前の男になりたいなら、上級魔法は当分は使わないことだな」

フィンは実はチビなのがコンプレックスだったので、師匠の言葉に力強く頷いた。

ウィニーが姿消しの技をマスターでき、フィンが命じればバスケットの中でじっとするようになったので、旅の支度《したく》は出来た。

「ところで師匠、どこを旅するのですか？」

ルーベンスは、夏は気分次第で旅をしていたので、フィンに尋ねられて少し考える。

「この前は北部を旅したから、西に行こう」

フィンはマイヤー夫人に休暇届を出さなきゃとウィニーと塔を後にする。

ルーベンスは、自分が何故行き先を西と言ったのかと考え込んでいた。

（カザフ王国との国境線が心配だから、つい西と言ったのか……フィンにはまだ重荷を背負わせたく無いと思っているし、上級魔法も禁止したばかりなのに……）

ルーベンスは自分の選択が何かの予兆《よちょう》でなければ良いがと不安を覚え、気を紛らわすために竪琴を爪弾《つまび》いた。

フィンが寮に帰ると、何人かはウィニーの飛行を見ていたので、大騒ぎになっていた。

『ウィニー！　飛べるようになったんだね！』

パックが飛んで見せてとウィニーに頼み、自慢げに空を飛ぶのを寮の窓から生徒達が顔を出して眺める。いや寮の窓だけでなく、教授達も校舎や宿舎の窓から顔を出して竜の飛行を夢中で眺める。

『ウィニー！　戻っておいで』

フィンの元に帰っていくのを、全員が羨望《せんぼう》を込めて見つめる。竜が欲しい！　という溜め息が魔法学校に満ちた。

特にフィンの同級生はウィニーの世話をしたりしているので、可愛さにめろめろだ。

アンドリューもウィニーの飛行を見て、一緒に夏休みを過ごしたくてたまらなくなる。

得意満面のウィニーを褒めている上級生の中に入っていき、フィンを呼び出した。

「フィン、夏休みは……」

アンドリューが離宮《りきゅう》に誘おうとした時、高等科の青いマントを翻《ひるがえ》して、ファビアンが初等科の二階に降りてきた。

「フィン！　夏休みは……」

アンドリューとファビアンは同時に夏休みを一緒に過ごそうと誘いかけて、言葉が被ってしまう。フィンは二人が、夏休みはどこで過ごすのか？　と質問したのだと勘違《かんちが》いした。

「夏休みは師匠と旅をするんだ」

ファビアンとアンドリューは、魔法使いのくせにフィンは勘が鈍《にぶ》いと内心で毒づいた。

それを見ていたラッセル、ラルフ、パックは、フィンは直感が鋭いから危険を回避《かいひ》したのではないかと笑った。

十七　ウィニーと旅行

夏休みになって、寮の生徒達はそれぞれの家族の元へと帰っていく。

フィンもカリン村に帰りたいという気持ちが少しあったが、秋と春に行ったので我慢する。それに、西部には前から行ってみたかったのだ。

（できれば、お父さんのお墓を見つけたいな）

出稼《でかせ》ぎ労働者が事故で死んだからといって、国の反対側にあるカリン村まで遺体《いたい》を運んではくれない。同じ出稼ぎに行った男が、給金と共に遺品《いひん》と遺髪《いはつ》を届けてくれたのだ。

母親のメアリーは遺髪の一部と服を箱に詰めて、葬式《そうしき》を出した。

ちゃんとした墓があるとはフィンも考えてないが、どこに埋めてあるかわかれば良いなぁと思う。今回の旅行で埋葬《まいそう》された場所が判明すれば、花の一つでも手向《たむ》けて、母親に手紙で教えてあげたいと考えていた。

「でも、お父さんの事故は五年も前だから、わからないかもしれないなぁ」

気持ちを切り替えて、フィンは今回も吟遊詩人の弟子になるのだと、竪琴をかついで馬小屋に急ぐ。

ウィニーを大きめのバスケットに入れてロバの背中に乗せ、紐《ひも》で落ちないように括《くく》り付けた。

蓋を開けて、大丈夫？　と話しかけると、くぴくぴと眠そうな答えが返ってきた。寝ている間はバスケットで十分だろうと、フィンは蓋を閉める。

「さて、出かけるか」

ぐずぐずしていたらヘンドリック校長に捕まって、王宮へ挨拶に行けとか下らないことを言われると、ルーベンスが急かす。フィンもロバに乗り、師匠の馬を追いかけた。

サリヴァンを出た頃にウィニーが目覚めて、バスケットから顔を覗かせる。

ルーベンスは仕方ないなぁと、姿消しの技を使うならロバに乗っても良いと笑った。

ロバの前にちょこんと座ったウィニーに、フィンはそっと触ってみる。

『眠くなったらバスケットに入るんだよ』

気をつけてはいるが、姿消しをしたままロバから落ちたら大変なのだ。

『ぴくぴ』と、何も見えない空間から返事が聞こえた。


「フィンは泳げるのか？」

カリン村は内陸部なので、ルーベンスが問う。

「夏は川で泳いでいましたよ。もしかして、海沿いの街道を進むのですか？」

シラス王国の西部は、海沿いと内陸部に街道が整備されている。

暑い夏に、荷馬車が巻き上げる土埃《つちぼこり》の中を進みたくはなかったので、日差しは強いが、海風の吹く街道をルーベンスは選んだ。

人気《ひとけ》のない海岸に着くと、ウィニーは姿を消したまま、羽をバタバタして暴《あば》れた。

ロバは何だか変な感じがすると、ぶひひん〜と怒りだす。

「少し休憩しよう。フィンはウィニーと海水浴しておいで」

若い頃なら海でウィニーとひと泳ぎするところだが、関節痛を考えると海岸で見学するのが賢い選択だろうと苦笑した。馬とロバを木陰《こかげ》に繋《つな》ぎ、自分は毛布を敷いて座ると、大騒ぎしている弟子とチビ竜を眺める。

ウィニーはこんなに大きなお風呂は初めてなので、興奮して水をばちゃばちゃと撥《は》ねさせまくる。フィンも海は初めてなので、舐めて、しょっぱい！　と騒いでいる。

『ウィニー、泳いでごらん』

波打《なみう》ち際でばちゃばちゃしているウィニーを抱き上げて、フィンは胸のあたりまで水に浸《つ》かる深さに連れて行く。

そっと海面で手を放したところ、バシャバシャバシャ！　と羽を動かすが、泳いでいるとは言えなかった。慌てて抱き上げ、風の魔法体系だから泳げないのかなと考える。

ウィニーを浅いところに置いて、フィンはひと泳ぎする。暑い夏に海で泳ぐのは気持ち良いなぁと、ぷかぷか浮いて青い空と白い雲を眺めた。

ウィニーは寄せてくる波とばちゃばちゃするのも楽しいが、大好きなフィンの側に行きたいと思う。

『フィン！』

自分を呼ぶ声で、フィンはくるりとうつ伏《ぶ》せになると、ウィニーの元まで泳いでいく。

ウィニーはこの手足をどう動かせば自分は泳げるのかな？　と首を傾げてフィンを見ていた。

『あまり泳いだら疲れるよ。今日はこのくらいにしておこう』

のんびりと木陰で寝そべっている師匠のところへ、ウィニーを抱いて走っていく。ロバに積んだ荷物から、タオルを出して拭こうとしたが、師匠に止められる。

「そのまま拭いても、海水はベタベタするぞ。タオルを置いて、少し下がりなさい」

フィンがウィニーを抱いて、師匠から離れると、頭の上から水が落ちてきた。

「天罰と同じだぁ！」

「人がせっかく親切に水を出してやったのに、天罰とは何事だ」

師匠に謝りながら、身体をタオルで拭くと、どうやってしたのですかと目をキラキラさせて聞く。

「こいつは！　何度言い聞かせても懲りない！　上級魔法は禁止だ！」

そうだった！　とフィンは脱《ぬ》ぎ捨てたシャツをはおる。海水浴で疲れたウィニーはバスケットに置いてやると、すぴぃ〜と目を閉じた。

「ウィニーが寝ている間に、急ぐぞ」

師匠とフィンは今夜の宿をめざし、少しスピードをあげて夕方までに着いた。その街の外れの宿はルーベンスが吟遊詩人として何度か泊まったことがあるところだったので、主人は何日でも逗留《とうりゅう》して欲しいと大歓迎だ。

師匠が主人から酒を勧《すす》められてカウンターで喉を潤《うるお》している間に、フィンは弟子としての仕事をする。

「あんたも吟遊詩人になるのかい？」

宿屋の小僧は、馬とロバに水と餌をやりながら質問する。荷物を部屋まで運ぼうと担ぎ上げたフィンは返事に困ってしまう。

「まぁ、師匠について学んでいる途中なんだ……」

誤解するだろうが嘘ではないと思い、最後にバスケットを大事そうに両手で持つ。部屋に入ると、師匠は部屋で食事をしたいと告げていたので、女中が早めの夕食を運んで来た。

「おお、わざわざすまないねぇ。食べ終わったら、弟子に食器は持って行かせるから、気《き》遣《づか》いはいらないよ」

愛想よくチップを女中にやり、部屋から追い出す。食べ物の匂いで目覚めたウィニーがバスケットの中で暴れているのを、フィンが必死で抑えていたのだ。

「もう少しウィニーを躾けた方が良いぞ。待て！　を覚えさせなければなぁ」

師匠の言葉はもっともだとは思うが、そう言いながら、ヨシヨシお腹が空《す》いたかい？とウィニーに肉を与えて甘やかしているのを見れば、溜め息しか出なかった。

ルーベンスはウィニーに肉を切ってやりながら、ワインと少量を口に運ぶ程度しか食べない。

育ち盛りのフィンは、肉の塊をナイフで大きく切り分けて、がっつりと食べる。

パンも全部食べて、ふぅ～と満足そうな息を吐《は》く弟子を、これほど食べるのにチビだなぁとルーベンスは呆れて見ている。

ウィニーもお腹がぱんぱんだ。

『ウィニー！　灰の上に行くんだよ』

フィンに命じられて、ウィニーは大きなお腹でヨタヨタと暖炉の灰の上に行き、排便をすませる。

『よくできたねぇ！　ウィニー！』

褒められて、ウィニーはくぴくぴと嬉しそうだ。ルーベンスは排便の躾けができているなら、ウィニーを側に置くのも良いなぁと思ったが、たまに可愛がる方が気楽だと苦笑する。

お腹いっぱいになったウィニーをバスケットに入れると、ルーベンスとフィンは下に降りて吟遊詩人として演奏を始めた。

「おお、爺《じい》さん！　久しぶりだなぁ」

「弟子を取ったのかい？　そりゃ良いやぁ、爺さんが来なくなっても、弟子が来てくれるからなぁ」

フィンは、ええ〜っ？　俺は魔法使いの弟子見習いなんだけどと思いながらも、まぁ、良いやと竪琴で伴奏に加わった。

十八　ウェストン騎士団

ルーベンスは西へと旅を続けながら、カザフ王国の動向が気になっているからこちらの方角を選んだのだと考えるようになった。上級魔法使いとして、師匠のトラビスからアシュレイが国境に掛けた防衛魔法を引き継いだが、長年の間に綻びが生じている。

ルーベンスが老《お》い、その綻びは少しずつ大きくなっていたのだが、西の国境に近づくにつれて異変に気づいた。

（年月による綻びだけでは無さそうだ……）

魔法使いがいるのはシラス王国だけではない。カザフ王国もアシュレイに手酷《てひど》い目に遭ってから魔法使いを探したはずだと考え、ルーベンスは綻びに何か作為《さくい》的なものを感じる。

無邪気《むじゃき》にウィニーと遊んでいるフィンを眺めて、こんな国の争《あらそ》いにはもう少し関わらせたく無かったと、溜め息をついた。

「師匠？　どうしたのですか？」

竪琴を爪弾くのも止めてルーベンスが、こちらを眺めているのに気づいてフィンは尋ねる。

「少し、ウェストン騎士団の駐屯地に行こうと考えていたのだ」

フィンは授業でウェストン騎士団が西の国境を護っているのを習っていたし、その向こうには旧帝国を復活させようとしているカザフ王国があり、虎視眈々《こしたんたん》とシラス王国を狙っているのも知っている。

「師匠、俺はウェストン騎士団に尋ねたいことがあるんだけど……お父さんは西の国境の防衛壁の工事に出稼ぎに行って、事故で死んだんだ。どこに埋めてあるのか記録があれば、お墓参りしたいと思っている」

ルーベンスはカリン村に埋葬されて無いのかと驚いた。

「出稼ぎ労働者を国の反対側までなんか送ってくれないよ。それに出稼ぎに行っていたのは、冬だもん。カリン村は雪に閉ざされていたし。お父さんが死んだのも、春になって知ったぐらいだもの……」

そう言った途端、フィンは冬のある日、ゾクゾクとして寝られなかった夜を思い出した。

（もしかしたら、あの時に……）

ウィニーはフィンの気持ちに反応して、肩に飛び乗ると耳元でクゥクゥと心配そうに鳴く。

フィンはウィニーを肩から下ろし、ぎゅっと抱いた。

『フィン、大丈夫？』

金色の瞳に自分の情けなさそうな顔が映っているのに気づいて、にこりと笑う。

『大丈夫だよ』

ルーベンスは西を行き先に選んだのを、少し後悔した。

（まだ子供のフィンだが、自分の同じ年頃に比べて苦労している。私がトラビス師匠の弟子になった時は、我が儘放題に育てられた子供だったが……それにしても……苦労するのと、落ち着くのとは、別物みたいだなぁ）

ウィニーと床でふざけ回って、くるくるの髪の上に着地されているフィンの様子に、どうにも格好のつかない弟子だと笑った。

『俺の頭は竜の巣《す》じゃないよ』

頭の上からウィニーを退《ど》かせようとしているが、後ろ足で巻き毛をしっかり掴んでいるので、なかなか外せない。

『ウィニー、バスケットに入れ！』

ルーベンスの命令に従って、ウィニーはバスケットに飛び込む。

「あっ、そうか！　バスケットに入れと命令したら良かったんだ」

髪の毛をくしゃくしゃにしたままで、フィンはなるほどなぁと感心している。ルーベンスは自分の命令に従ったウィニーに、よしよしとハムを与えた。

「師匠～、食事時間以外は食べ物を与えないでください！　今、『待て！』を躾けているのに、甘やかすんだから～」

『フィンは、口うるさいなぁ』

全く聞く耳を持たず、ウィニーにもう一切れハムをやる。

くるるっぴと嬉しそうにハムを食べるウィニーに、フィンも可愛いと思ってしまうので、なかなか『待て！』を覚えさせられなかった。

西への旅は順調に進み、国境が近づく。

「ウェストン騎士団の駐屯地は内陸のミンスにある。ここからは田舎道を進もう。夏の街道は暑くて埃っぽいからな」

緑の小麦畑や、もう収穫《しゅうかく》できそうな玉蜀黍《とうもろこし》畑の間の道を、のんびり旅していると、フィンは故郷のカリン村を思い出す。

「もうすぐ夏至祭だなぁ」

家からの手紙に、年季明けした兄のマイクが、秋の収穫を終えてから指物士に弟子入りすると書いてあったので、この夏はハンスも手伝いがいるので楽なはずだ。もう一人の兄ジョンは年季明けしてもそのまま働いて、農地があくまでお金を貯めると書いてあった。

フィンは師匠が給金をくれるお陰で、家族がどうにか生活していけると感謝している。

感謝はしているが、相変わらず昼近くまで起きてこなかったり、ウィニーを甘やかしたりするのはいただけない。また、上級魔法は身体に負担が掛かるから仕方ないけど、他の魔法も教えてくれないのは酷いと文句も言いたくなるのだった。

さわさわと青い麦畑を渡る風に吹かれながら、途中の田舎町で一泊して、ミンスの街に到着した。王都サリヴァンを始点とした街道の終着地であるミンスには、国境を越えて交易する商人達の店が立ち並んでいる。

「師匠、交易なら船の方が便利なのでは？」

フィンは、サリヴァンが良港を持っているゆえ交易で栄《さか》えていると授業で習ったので、内陸部のミンスの街が賑わっているのが不思議に思えた。

「船の方が便利なのは明白《めいはく》だな。フィン、滞在中によく観察してみなさい。何故、ミンスの街が賑わっているのか」

着いた早々に宿題を出されて、フィンはきょろきょろと街を見回しながら師匠の後をついていく。ミンスの街に入る時は門番がいたが、今は余程《よほど》怪しい格好をしているか、指名手配の人相書きに似ていない限り呼び止められない。

しかし、聳《そび》え立つ国境の防衛壁の側にあるウェストン騎士団の駐屯地には、槍《やり》を構えた見張りが五人立っていて、二人一組で一人一人に通行理由を質問している。食糧や干し草を積んだ馬車も調べるので、長い行列が出来ていた。

ルーベンスは我慢強くも従順《じゅうじゅん》でもないので、長い行列を無視して門まで進み、二組の騎士見習いを指導している騎士に話しかける。

「レスター団長に会いたい」

騎士は一瞬「列に並べ！」と怒鳴りそうになったが、サリヴァンから上級魔法使いのルーベンスがウェストン騎士団を訪ねるかもしれない、と通達があったのを思い出した。

「ルーベンス様ですか？　こちらにどうぞ」

指導役の騎士が恭《うやうや》しく、旅の吟遊詩人と弟子を案内するのを、騎士見習い達が驚いて見ていた。しかし、列に並んでいる人々から苦情が出たのですぐに仕事に戻る。

フィンは彼らを興味深く眺めた。

（ファビアンも騎士見習いになったら、門番をさせられるのかな？　真面目に槍を持って立っている姿なんか、想像できないや）

騎士が他の騎士見習いを呼びつけて、馬とロバの面倒を見るように命令する。フィンは、いつもは弟子見習いとして、宿屋の小僧がキチンと世話をするかチェックしたり、荷物を部屋に運ぶために師匠と別行動をするのだが、ルーベンスに付いて来い！　と言われる。

「お父さんの埋葬場所なら、団長さんに聞かなくても……」

ノースフォーク騎士団の副団長であるレオナール卿でさえ、フィンにはおっかないのに、ウェストン騎士団の見知らぬ団長になど会いたくない。

「ぐずぐずするな！」

ルーベンスはフィンの父親のこともだが、西の国境線に来て、防衛魔法の綻びが急に大きくなっているのに驚いたのだ。

(何か因縁《いんねん》めいたものを感じるのは、思い過ごしなのか？　アシュレイの子孫であるケリンがこの防衛壁の補強工事で死亡したのと、この急激な綻びの拡大に繋がりは無いのか？)

フィンの父親のケリンには桜の妖精が見えなかったそうなので、上級魔法使いでは無かったとは思うが、何故か気に掛かる。

(出稼ぎ労働者が事故に遭って亡《な》くなるのはよくある話だが……そういえば、フィンの祖父はアシュレイの子孫では無いが、船に乗ったまま帰って来なかったのだ。単に難破《なんぱ》したのか？)

何者かが、アシュレイの子孫を根絶《ねだ》やしにしようとしているのだろうかと考えて、ルーベンスは深読《ふかよ》みし過ぎだと自分に苦笑する。

(私もフィンを知って一年も経って無いのだ……まして、アシュレイの子孫だなんて、誰も知らないだろう)

そう思ったが、国境の街のミンスではフィンを自分の側から離さないでおこうと決める。

フィンはウィニーの入ったバスケットを抱えて、師匠の後を追いかけた。

十九　レスター団長

ウェストン騎士団のレスター団長は、黒っぽい茶色の髪を短く刈った、いかにも軍人らしい壮年の男だ。副官から上級魔法使いのルーベンスが駐屯地を訪れたと報告され、きびきびと立ち上がって出迎えた。

「ルーベンス様、何事か問題でも？」

レスター団長の茶色の厳しい目を見て、ルーベンスは弟子が萎縮《いしゅく》しないかと心配する。

「いや、ちょこっと寄ったまでのことだ。少し尋ねたいこともあったからな」

無骨《ぶこつ》な騎士団に相応しい、簡素な応接コーナーの椅子に座りながら、ルーベンスは防衛魔法の綻びなど素知らぬ顔だ。しかし何も用事が無ければ、武官嫌いのルーベンスが駐屯地になど来るはずが無いと、レスター団長は身構えている。

「こちらのお連れは？」

ルーベンスの椅子の後ろで、がさがさと中から音がするバスケットを抱え込んだ子供を見て、レスター団長はもしかして噂で聞いている弟子ではと考えた。

「フィン、お前も横に座りなさい。それと、ウィニーを出してやりなさい」

フィンはレスター団長を一目見た時から、おっかない！　と緊張していた。師匠が他の部屋で待たせてくれたら良かったのにと、内心で愚痴りながら、ちょこんと隣に腰を下ろす。

レスター団長は西の国境線を護る任務についているが、サリヴァンの動向もチェックしていたので、ウィニーというのが竜だとの予備知識はあった。

しかし、バスケットからチビ竜が出てくると流石に驚いた。

「竜だ！」

思わず剣に手が伸びそうになったのをどうにか自制する。一瞬の殺気を感じたウィニーは、フィンの服の中に潜り込む。

『こら！　ウィニー、くすぐったいよ』

夏物の白いシャツの下でもぞもぞしているウィニーを、外に出そうとして騒いでいるフィンを、ルーベンスはやれやれと眺める。

「フィン、ウィニーをバスケットに入らせなさい」

フィンは師匠に言われて、あっ！　と思い、バスケットに入れ！　と命じる。

ウィニーはおっかないレスター団長から逃れられるのは大賛成だったので、ぴゅんとバスケットに飛び込んだ。

ウィニーの不安を感じたフィンは、バスケットを膝の上に置いて、大丈夫だよと話し掛ける。

一連の騒動は自分がチビ竜を見て思わず驚いてしまったからだと、レスター団長は反省した。

「ルーベンス様、申し訳ありませんでした。竜が孵ったとは聞いていましたが、実際に目にすると動転してしまいました」

ルーベンスは魔法使い以外の人々の竜に対する印象は、悪いものなのだと改めて認識した。

「レスター団長程の騎士が、こんなチビ竜に脅威《きょうい》を感じられるとはおかしいですなぁ」

レスター団長はチビとはいえ竜に対する生理的な反応だったと、ルーベンスの皮肉に苦笑する。

「もう一度、見せていただけないでしょうか？」

レスター団長の言葉にルーベンスは頷いて、フィンに出すように指示する。

フィンはバスケットを床に下ろして蓋を開けると、小さくなっているウィニーに心配いらないよと話しかけながら、そっと抱き上げて膝に乗せた。

『ウィニー、誰にも君を傷つけさせないからね』

そう言いながら優しくチビ竜を撫でている少年を、レスター団長は興味深く眺める。

長年、上級魔法使いのルーベンスが弟子を取らないのがシラス王国にとって重大な問題だったのだが、この少年がその待望の弟子なのかと思ったのだ。

レスター団長は落ち着いてチビ竜を観察し、竜が少年に懐いている様子に気づいた。

「ルーベンス様、小さいとはいえ竜は危険では無いのですか？」

「ウィニーは人を襲ったりはしない。確かに竜は魔力の塊だが、知性のある生き物だ。よしよし、こんなにお前は可愛いのになぁ」

フィンの膝から抱き上げて、自分の肩に止まらせる。フィンはレスター団長の視線に少し緊張していたので、ウィニーが師匠の方に移動したのと同時に視線も一緒に移動したことにホッとする。

ウィニーは、フィン程は視線に敏感では無いのか、殺気さえ感じなければ平気なのか、ルーベンスの肩の上でクピクピと鳴いている。

フィンとルーベンスには『お腹すいた』と聞こえるのだが、レスター団長にはわからないらしい。竜の言葉は魔力のある人にしか伝わらないのだろう。

「よしよし、少し我慢していなさい。レスター団長、ハムか肉を細切りにしたのを少々いただけませんかなぁ。ウィニーがお腹を空《す》かせているので……」

そろそろ三時のお茶の時間だが、騎士団にはそんな風習は無い。しかし、ルーベンスが連れてきたチビ竜のお腹が空《す》いたというなら、餌を用意させるのももちろんだし、遠路《えんろ》からの客をもてなさなくてはいけないと部下に命令する。

「いや、ウィニーの餌だけでよい……」

部屋だ、お風呂だと命令をだしはじめたレスター団長に、ルーベンスは騎士団の駐屯地に宿泊する気は無いと慌てて断る。

そしてフィンが細切りのハムをウィニーに与えている間に、綻びの拡大をひしひしと感じる防衛壁を見に行く。

高く聳《そび》える国境線沿いの防衛壁の外に、崩れかけた三百年前の防衛壁がある。ウェストン騎士団の騎士達には岩や石を無作為《むさくい》に積み上げたものが崩れかけているようにしか見えないが、上級魔法使いには高く聳《そび》える壁に見えた。

(相変わらず防衛魔法は存在しているが、あちらこちらに綻びが広がっている。今は軍隊が通り抜けるのは難しいだろうが、この急速な拡大は経年《けいねん》による劣化《れっか》だけとは考えにくい。どうにか綻びを修繕しなくてはいけないのだが……)

防衛壁の上に案内したレスター団長は、難しい顔をしている上級魔法使いが何を考えているのか不安になる。

自分の目には羊の放牧地の境界にしか見えないが、レスター団長は歴代の団長からアシュレイの防衛魔法を伝え聞いていたし、実際に人が通れないのも知っている。

「ルーベンス様、まさか……」

防衛魔法が弱まれば、旧帝国を復活させようというカザフ王国が侵攻《しんこう》してくるかもしれないのだ。

拳を握り締めたレスター団長の心配は理解できるが、詳しく調査してみないとルーベンスにも迂闊《うかつ》なことは口にできない。

「国境線の門はいつ開くのかね？」

シラス王国の防衛壁、カザフ王国の国境の街ルキアとの間には、旧帝国時代からの街道が通っている。

三百年前の大戦の後は固く閉ざされていたが、内陸の国々との交易には欠かせない通り道なので、この二百年の間に日にちを決めて門を開いていたのだ。

「夏至祭の市がミンスでもルキアでも開かれますから、数日すれば門は開きます」

門を開けてある間は、ウェストン騎士団は厳戒《げんかい》態勢で任務にあたるのだ。しかし、夏至祭で浮かれているミンスの街をよそに、国境を護るのは若い団員達には難しいとレスター団長は顔をしかめる。

「夏至祭にはミンスにも、ルキアにも市がたつのだな……」

「まさか！　ルキアにおいでになるのでは！」

シラス王国とカザフ王国は友好的では無いが、今現在は戦争中でも無いので、市では両国の商人が互いに交流する。

しかし、ルーベンスはシラス王国の唯一無二の上級魔法使いなのだ。国外で万が一正体がバレたらと、レスター団長は慌てて止める。

すたすたと長い防衛壁の階段を老人にしては素早く降りるルーベンスの後を、武人として鍛《きた》え抜いている早足で追い掛けながら、絶対に国境を越えてはいけませんとレスター団長は説得する。

ルーベンスは階段の踊場《おどりば》でレスター団長を壁に押し付けて、小声で脅《おど》しあげる。

「私はしたいようにする！　カザフ王国にも魔法使いはいるのだ。アシュレイの防衛魔法に何者かが干渉《かんしょう》しているかもしれない」

百年近く一人でアシュレイの防衛魔法を支えてきた青い瞳に命じられて、レスター団長は口を閉じた。

「……お気をつけください……」

この方にもしものことがあったら、アシュレイの防衛魔法は消え去り、カザフ王国の脅威に直接対峙《たいじ》せねばならないのだとレスター団長は万感《ばんかん》の想《おも》いを込める。

「わかっている！　あのチビっ子を育てなくてはいけないのだからな」

レスター団長は何となく安堵感が込み上げてきた。まだ幼さの残る少年をルーベンスが気遣っているのなら、無茶はされないだろうと考えたのだ。

二十　お父さんの死の真相は？

フィンはウィニーに餌をやりながら師匠の帰りを待っていた。贅沢さは無いが、ウェストン騎士団の団長の部屋なので、家具など上等な木材や革が使われている。

大きな執務机《しつむづくえ》とがっしりとした椅子。大きな暖炉の上には騎士らしく武器が飾ってある。

会議ができる大きなテーブル、そしてフィンがウィニーに餌をやっているがっしりとした応接用の椅子。

『お腹いっぱいになったの？』

普段は勝手に暖炉の灰の上で排泄をさせるのだが、騎士団長の部屋でさせて良いものかとフィンは戸惑《とまど》う。

ウィニーをバスケットに入れて、人気《ひとけ》の無い場所で排泄をさせてから帰ってこようと考えた。重たい扉を開けると、部屋の前に護衛《ごえい》が二人立っている。

「ちょっとトイレに……」

フィンはトイレのある場所を聞いて、外に行こうと計画していたが、護衛はウェストン騎士団の中を部外者に彷徨《うろつ》かせるつもりはない。

「案内します」と付いてくる護衛に、バスケットをチラッと見られて、フィンは冷や汗をかく。

『まぁ、トイレで排泄させたら始末は楽だけど……できるかな？』

トイレの中までは流石に付いて来なかったため、フィンはバスケットを持ったまま個室に入る。掃除が行き届いていたので、ホッとしてバスケットを床に置くと、ウィニーを抱き上げて便座に乗せた。

『ウィニー、できる？』

足場が狭く、ウィニーは少し落ち着かない様子だったが、食後の排便は習慣になっていたので、どうにか済ませられた。

ついでにフィンもトイレを済ませて、手を洗って出て行く。

トイレまで持ち込んだバスケットを護衛がずっと不審そうに見ていたが、フィンは気づかない振りをする。


団長室に戻ると、レスター団長と師匠が中で待っていた。

「ウィニーは寝たのか？」

食事の後は排泄を済ませたら、ウィニーは寝ることが多いので、ルーベンスは静かなバスケットを見て呟いた。

「ええ、ウィニーはトイレでもできるんですよ！」

レスター団長は、チビ竜の面倒を見ているルーベンスの弟子が将来は上級魔法使いとしてシラス王国を守護していくのだ、と興味を持つ。

「そうだ、お前は父親の墓を探したいと言っていたな」

フィンは慌てて、事務をしている人にでも尋ねます、と師匠を止めた。

「ルーベンス様、何のことでしょう？　お弟子のフィン君の父上のお墓とは」

父親がウェストン騎士団の騎士なら記憶にあるはずだが、騎士団では下働きも大勢雇《やと》っている。師匠に促されて、フィンは事情を説明する。

「五年前の冬に、防衛壁の補修工事の出稼ぎに行き、父は亡くなったのです。一緒に出稼ぎに行った人が、給金と遺品などを届けてくれました。今回、こちらを師匠のお供で訪ねることになったので、父がどこに埋葬されたのか、調べてみたかったのです。あっ、わからなかったら結構ですが、共同墓地とかに花をお供《そな》えしたいと思ってます」

レスター団長は、防衛壁の補修工事での事故？　と怪訝な顔をする。

「父上は防衛壁の補修工事で亡くなられたのか？　私がウェストン騎士団の団長になって八年になるが、補修工事で死者が出る程の事故は記憶に無いが……」

フィンはレスター団長が嘘をついているのではと疑った。

「俺は小さかったけど、お父さんが出稼ぎに出掛ける時に、南西部の防衛壁の補修工事に行くと言ったのを覚えているよ！　それに給金とか遺品を届けてくれた人が言っていたもの。でも、どこの村の人だったのか覚えて無い……多分、もっと北の村の人だったと思うけど……ええっ！　顔も覚えてな……そうだ！　俺はベッドに潜り込んでいて、会ってないんだ！」

フィンは、父が死んだという知らせを持ってきた男と会ってないことを思い出した。

「お父さんが死んだのを、俺は気づいていたのかな？　だから、それを告げに来た男と会わなかったのかな？」

ルーベンスはパニックになりかけているフィンを宥める。

「フィン、落ち着きなさい。レスター団長、カリン村のケリンを雇った記録が無いか調べてくれ。いや、資料室に私を連れて行って欲しい」

何だか嫌な予感がして、ルーベンスは帳簿《ちょうぼ》が置いてある部屋に向かった。そうして五年前の防衛壁の補修工事に雇われた労働者の中に、カリン村のケリンの名前を見つける。

「ちゃんと給金も支払われているが、何故か途中で辞《や》めているな……」

帳簿には十一月、十二月、一月、にはケリンへの給金の支払いが記入されているが、二月、三月のは無い。

「遠くから出稼ぎに来た者で、早めに国に帰る者もいるが、それは三月になってからだ」

幼い時の記憶だが、父はいつも春になってから帰っていた。フィンもレスター団長の言葉に頷く。

「お父さんは途中で辞めたりしないと思う。何か事故があって、怪我でもしたのでは無いですか？　その時は死ぬ程の怪我じゃなくて、後で死んだから団の記録に無いのかも……」

フィンは二月に何か事故があったのではと疑問を持つ。ルーベンスは補修工事の記録が綴《つづ》られた帳面を調べたが、レスター団長の言う通り、死人が出るような事故など記載《きさい》されていなかったし、軽い怪我人の記録もつけてあるのにフィンの父の名はなかった。

「ケリンの名前は負傷者のリストに載ってないなぁ……」

師匠の言葉にフィンは反応する。

「でも、お父さんは亡くなっている！」

出稼ぎにでたまま国元に帰らない労働者がいるのはフィンも知っているが、父が死んだことは確信していた。

ケリンの死を幼いフィンが感知したのだろうと、ルーベンスは痛ましく思う。

「フィン、父上の死の真相を調べるぞ。工事の事故で亡くなったのでは無いかもしれない。ミンスの街の記録を調べよう」

立ち上がって出て行こうとするルーベンスと弟子を、レスター団長は困惑して眺める。防衛魔法に何か問題がありそうだと察知していたので、それを解決しないでウェストン騎士団を去られるのは困るのだ。

「ルーベンス様、お待ちください。五年前の防衛壁補修工事の責任者に、話を聞いてみては如何《いかが》でしょう？　それにミンスの街は国境に面していますから、私がついて行った方が記録も早く見せてくれます」

レスター団長が、防衛魔法の綻びに気づいたのを察知したのだと、ルーベンスは舌打ちする。ウェストン騎士団は強大なカザフ王国との国境線を護っているのだから、アシュレイの防衛魔法に問題があれば一番に犠牲《ぎせい》が出るのだ。

しかし工事責任者からは話を聞いておきたかったので、渋々ルーベンスはレスター団長の引き止める言葉に頷く。

フィンも、工事の責任者なら出稼ぎ中の父のことを少しでも覚えているかもしれない、と期待した。

二十一　お父さんのお墓はどこ？

レスター団長は防衛壁の補修工事の責任者を呼び出して、カリン村のケリンを覚えているかと質問する。

「カリン村のケリン？　すみません、そこの帳面を見せてください。読めば、少しは思い出すかも……」

補修工事の記録を読みなおしている騎士を、フィンは複雑な思いで眺める。

（何十人もの労働者を使っているし、五年も前だ……覚えているかな？）

工事責任者は帳面を捲って読んでいく内に、やがて当時のことを思い出した。

「ああ、そういえばカリン村のケリンは途中で辞めたのです。たまに重労働が嫌になって辞める男はいるのですが、ケリンはそんなタイプじゃなかったので、驚いたのを思い出しました。確か……そうだ！　交易隊の働き口が見つかったとか話していて、変だと思ったのです。ケリンは商人には向いて無さそうな男だったから」

レスター団長とルーベンスも、出稼ぎの農民を交易隊が雇う理由がわからなかった。用心棒《じんぼう》になりそうに無いし、市で商売するのにも役に立つとは思えない。

「お父さんが交易隊に？　商売とか無理っぽいけど……荷物を降ろしたり、馬やロバの面倒をみるのかなぁ？　じゃあ、何故、お父さんが死んだのを伝えに来てくれた人は、足場の事故だなんて言ったんだろう」

フィンは困惑しきりだ。ルーベンスはフィンがその男と会ってないと言ったのを思い出した。

「フィン、少しつらい想いをさせてしまうかもしれないが、お前の記憶を読ませておくれ。どうも、父親の死を伝えに来た男は怪しい」

フィンは顔を見ていないと言ったが、あの小さな家だから何か気づいたこともあるかもしれないとルーベンスは考える。リラックスするようにとフィンに言って、その肩に手を置く。

（五年前の春、お父さんの死を告げに来た男は……）

フィンの記憶を掘《ほ》り返す。

(その男は玄関先で、帽子を取って……白髪混じりの金髪だった。俺は、ベッドに潜り込んだんだ。凄く嫌な気持ちになったから……お母さんに、お父さんが防衛壁の補修工事で、足場が崩れる事故が起きて亡くなったと告げている。お母さんが泣きながら、給金とか遺品を受け取り、届けてくれた男にお礼を言っている！　そんな怪しい男だとは思えなかったんだ！　そうだ！　その男は、何回もお子さんはこれだけかと聞いていたんだ……)

フィンは白髪混じりの金髪の男が親切そうな顔をしていたと、チラリとその姿を見たのを思い出した。親切そうな男を怪しく感じたのか、父親の死を告げに来たのを察したのか、フィンがベッドに隠れていて良かったとルーベンスは安堵する。

(アシュレイの防衛魔法を、カザフ王国の魔法使いは三百年も研究しているのだ。何かケリンに感じる物があったのだろうか？　それとも単なる偶然《ぐうぜん》か？　しかしカリン村までわざわざ家族に会いに行ったのは、何か気づいたからでは無いのか？)

ルーベンスはフィン以外の家族がアシュレイの直系とは思えない程に、全く魔力を持っていなかったことに感謝した。

一歩間違えれば、凄惨《せいさん》な殺害事件が起こっていたかもしれない。

フィンと家族が無事だった幸運に身震いして、ケリンの死の真相と墓の探索《たんさく》をしなくてはいけないと唇を噛み締めた。

(フィンにアシュレイの防衛魔法を見せてみよう。まだ、重大な問題には関わらせたく無

かったが、私には綻びの拡大を止める方法がわからないのだ）

玄関先でチラリと見た男の顔を、師匠の魔法によって思い出したショックで真っ青になっているフィンを、ウェストン騎士団の予備の寝室で休ませる。

「フィンに父親の墓参りをさせてやろうと、簡単に考えていたのだけどなぁ」

ぼやくルーベンスとレスター団長は、フィンが寝ている間にミンスの市庁舎へ行く。

レスター団長が同行しているので、国境の街の役人達もルーベンスが上級魔法使いらしからぬ格好をしていても、五年前の死亡記録を調べてくれた。

「五年前の二月は……」

北部よりは過ごしやすいが、冬場なので何人もの年寄りや弱った人が亡くなっていたが、いずれも身元が明らかだった。

ウェストン騎士団に戻り、客室に案内されたルーベンスは墓を見つけるのは無理かもしれないと感じる。ベッドで眠っているフィンの傷ついた心を思うと、気持ちが暗くなった。

その夜は部屋で夕食を食べて、お湯を使って旅の疲れを癒《い》やして早く眠った。

「師匠、おはようございます。起きてくださいよ～。騎士見習いが、朝食が出来たと言っていますよ」

ルーベンスにしては夜早く寝たが、朝はやはり苦手なのだ。

「騎士見習いなどに、偉そうに起こされるいわれは無い！」

不機嫌に布団を頭から被って起きてこない師匠は良いとしても、ウィニーは空腹を訴えていた。

『俺が昨夜ぼんやりせず、肉かハムを取っておけば良かったんだ……よし、ちょっと待っててね』

くぴくぴと空腹を訴えるウィニーに言い聞かせて、フィンは師匠が寝ているからと、他の人達が食べている食堂へ案内してもらう。

ウェストン騎士団の食堂では、交代で食事をとるのか、既に食べ終わったのか、半数の席は空《あ》いていた。

フィンは騎士見習いに面倒を見てもらい、がっつりと朝食を食べる。コソッとハムをハンカチに包んでポケットに忍ばせると、食堂から客室へ急いだ。

『こら！　ウィニー！　ベッドに乗っては駄目だ』

フィンが居なくなって、空腹と寂しさから、ウィニーは我慢できずにベッドで寝ているルーベンスを起こすことにしたのだ。

軽いとはいえ、布団の上からウィニーに頭や顔の上を歩かれるのは迷惑だ。寝穢《いぎたな》いルーベンスも、ふみふみ攻撃に降参して起きていた。

食堂から戻るなり、フィンは慌ててウィニーをベッドから抱き下ろして、メッ！　と叱りつけた。

しかしウィニーは『ハムだぁ！』と全く反省しないで、フィンのポケットに鼻先を突っ込む。

「うるさいから、早くウィニーに餌をやれ」

寝ているのを起こされるのは迷惑だが、フィンが食いしん坊め！　と笑っているのにルーベンスはホッとした。

関節痛の治療の技を掛けてもらい、朝食はお茶だけで済ませると、レスター団長の部屋に向かう。

「国境の門を通りたいのだが、今度はいつ開くのかな？」

防衛壁の外側にあるアシュレイの防衛魔法の壁を側で観察したいとルーベンスは考えた。

上級魔法使いの自分が要求すれば開けてくれるだろうが、ルキアの街へ夏至祭のどさくさに紛れて偵察《ていさつ》に行きたかったので目立つのは避けたい。

「明後日から一週間は門を開ける予定です」

やはりカザフ王国に行かれるのかと、レスター団長は顔をしかめる。

ルーベンスとフィンはウェストン騎士団の宿舎からミンスの街の中の宿屋に移る。

「カザフ王国のルキアの夏至祭でひと稼ぎしようと思っているのだ」

宿屋の主人は夏至祭に吟遊詩人が滞在しないのを残念がったが、門が開くのを待つ商人達もミンスの街には大勢いるので、今夜はぼろ儲けだと気を取りなおす。

フィンは竪琴で伴奏しながら、父の墓はどこなんだろうと考えていた。

二十二　アシュレイの防衛魔法

「ルキアの夏至祭に行くつもりだが、ウィニーは拙《まず》いかもなぁ」

珍しく朝から起きたルーベンスの言葉で、フィンから餌をもらっていたウィニーはグルグルと不機嫌な声を出す。

「俺も残りましょうか？　この宿屋なら、夏至祭の踊りの伴奏をすると言えば置いてくれるから」

フィンに防衛魔法を見せようと考えていたルーベンスは、少し考え込む。

「もう少しウィニーが大きくなって、一日に一回の餌で良いなら連れて行けるが……仕方ない、レスター団長に預けて行くか」

くるるっぴ！　と、置いて行かれるのを察知して、ウィニーが羽をバタバタさせた。

『帰って来たら、生き餌《いえ》を与えてやろう』

「師匠！　生き餌は嫌ですよ。そこら辺の家畜《かちく》を襲ったりしたら困ります」

フィンはレスター団長の反応で、一般の人達は竜に本能的な恐怖心を持っていることに気づいた。

「それはお前が躾けるのだ。狩って食べて良い動物と、飼われている家畜の区別も教えなくてはなぁ」

まだ小さいウィニーには、焼いた肉かハムの細切りで十分だが、どれほど成長するのかわからないのだ。

ウィニーの狩りをしたいという欲望を、いつまでも抑えておけるものではない。いずれは狩りをするのだから、チビのうちから躾けておかなければいけないのだ。

鶏の雛ぐらいだったウィニーも、三ヶ月で小鳩《こばと》くらいに成長している。フィンはネズミか、小鳥か、栗鼠《りす》あたりを狩らせるのかぁ……と溜め息をついた。

ウィニーは納得させたが、レスター団長はどうかなぁとフィンは心配した。しかし、そもそも上級魔法使いに逆らえるわけが無い。

フィンはウィニーに、食後は暖炉の灰の上でウンチをするんだよと言い聞かせる。

それを見ていたレスター団長は、竜の世話は自分がするしか無いのかと、トホホな気持ちになった。

「いつ、お帰りですか？」

「さぁ、夏至祭の次の日には帰ってくる。ウィニーは私達に何かあれば騒ぐだろう。ウェストン騎士団にも魔法使いはいるだろうから、そやつには言葉が通じる。世話も任せたらどうだ？」

一瞬、良い案だとレスター団長は喜びかけたが、駄目だと落胆する。

「国境の門が開いている期間は、魔法使い達は検問《けんもん》についてもらわないと」

アシュレイの防衛魔法も国境の門が開いている間は、門の広さ分だけ機能しない。

そうしないと誰も国境を通れなくなるからだが、門を開けている時期はいつも以上に警《けい》戒《かい》しなくてはいけないのだ。

武力では騎士達が厳しく護るが、魔力の攻撃や、他国の魔法使いの侵入《しんにゅう》は騎士団付きの魔法使いに任せるしかない。

「本当にお気をつけて……」

シラス王国でも他国の魔法使いを警戒しているが、アシュレイに酷い目に遭わされた他国では余計に警戒しているだろうと、レスター団長は心配しながら見送る。

師匠の馬を追いかけて、フィンはロバに乗って高く聳《そび》え立つ防衛壁をくぐる。

門の上には攻めいる敵を打ち払うための櫓《やぐら》があるので、壁は分厚《ぶあつ》い。門も分厚く、鉄の尖った鋲《びょう》が禍々《まがまが》しい印象を与えていた。

フィンは通り抜ける時に、微かな違和感《いわかん》を覚え、櫓の上にいるウェストン騎士団付きの魔法使いに気づいた。

レスター団長から事前に報告を受けていたが、自国の守護神とも言えるルーベンスが敵国へ向かうのだと思い、魔法使いは少し神経質になっていた。

チラリと上を見上げた少年がルーベンスの弟子なのかと、騎士団付きの魔法使いは興味を持つ。

この魔法使いもアシュレイ魔法学校の出身で、ルーベンスの塔に挑戦したことがあったのだ。

（どこにでも居そうな少年に見えるが……）

くるくるの茶色い巻き毛に、吟遊詩人の弟子の格好。ロバに跨《また》がって師匠の馬を追いかける姿は、変装《へんそう》にしては板に付いていると魔法使いは苦笑した。

そのフィンは、門を出た途端に眼前に現れた巨大な壁に呆然として立ち止まり、師匠に声を掛けられ慌てて追いかけた。

（やはりフィンには防衛魔法が見えたな。綻びにも気づくだろうか？）

アシュレイの防衛魔法があるところには、岩や石が腰のあたりまで積まれている。しかし長年の雨風で崩れ、酷い所は膝ぐらいまでしかなかった。

中級魔法使いならば、防衛魔法をうっすら見ることができる者もいるし、感じる者もいる。

しかし、ポカンと口を開けて見上げるフィンは今まで感知していなかったのだ、とルーベンスは不思議に感じた。

（そういえば……私もトラビス師匠に初めてアシュレイの防衛魔法を見せられた時には驚いたのだ。今はサリヴァンに居ても感じるし、ミンスに着く前から見えていたが……）

ルーベンスは若い頃を思い出して苦笑した。それと同時に、あれから百年も経つのだと疲れも感じる。

フィンは天まで聳《そび》え立つ防衛魔法を驚いて眺めていたが、街道の幅《はば》だけ開いているのに気づく。師匠に尋ねたいが、混雑《こんざつ》した門の前では拙《まず》いと判断する。

防衛魔法を通り過ぎて振り返って見ると、所々に小さな穴が開いていた。

「師匠？　穴が開いていても良いのですか？」

馬に追いついて、小声で尋ねる。

「良いわけが無いだろう！　何故、ミンスの街が栄えているのかわかったのか？　わかったなら、それで良い。次の夏休みの宿題は、穴を塞《ふさ》ぐ方法を考えることだ」

第一の課題は、少し離れた所に見えているルキアの街まで延々《えんえん》と伸びている交易隊と、ミスに向かってきている隊列を見れば明らかだ。

フィンは第二の課題について考えながら、ルキアの街を目指した。

二十三　ルキアの夏至祭《げしさい》

国境の浅い川を渡ると、ルキアの街の防衛壁が聳《そび》え立っていた。

夏至祭なので、お互いの街に出向いて市場で商売する交易隊は、市を建《た》てる場所を決めたり使用料金を支払ったりする。そのなかでルーベンスは適当な宿屋を探す。

フィンは、カザフ王国は敵国なんだと緊張していたが、ルキアの街の人々はシラス王国の人と変わらないように見えた。

「こら！　あまりきょろきょろするな。ほら、これを被っておけ」

街には屋台も沢山でていて、ルーベンスは麦藁《むぎわら》帽子を二つ買うと、フィンにも被せる。

（ケリンを連れ去った奴らがいるかもしれない。フィンの顔はケリンに似ているのだろうか？）

ルーベンスはフィンの兄弟達も茶色の髪と緑色の目だったと思い出して、舌打ちした。

そんな師匠の心配も知らず、フィンは初めて訪れた外国に興味津々だ。

シラス王国の赤色の旗では無く、旧帝国の旗を真似したような剣が交差した図柄《ずがら》の紫色の旗《はた》が飾られているのも新鮮《しんせん》に感じた。

ルーベンスは下町の少し大きめの宿屋に馬を止める。長靴《ながぐつ》の看板に見覚えがあり、若い頃に泊まったのかもしれないと苦笑した。

宿屋の主人は、夏至祭に吟遊詩人が来るのは大歓迎だ。

フィンは師匠が宿屋の主人と条件を話し合っている間に、弟子として馬とロバを宿屋の小僧がキチンと面倒をみるかチェックしたり、荷物を部屋に運んだりする。

ルーベンスが宿屋の主人に酒を奢られて、部屋に上がってくる頃には、フィンの仕事は終わっていた。

宿屋の窓からルキアの街を眺めながら、父は足場が崩れて死んだので無いなら、どのような最期《さいご》を迎えたのだろうかと考えていた。

珍しく落ち着いているフィンを、ルーベンスは痛ましく感じる。

（ケリンは桜の妖精が見えなかったのだから、上級魔法使いで無かったのは確かだ。しかし、フィンの兄弟達とは違い、少し魔力を持っていたのでは無いか……ミンスに潜入《せんにゅう》していた魔法使いが、ケリンの魔力に気づいて連れ去ったのか？　フィンは父親の死を確信しているが、どこかに捕らわれている可能性は無いのだろうか？）

夏至祭の準備で賑わうルキアの街だが、フィンは心の中に重い石を抱えている気持ちがした。

「夏至祭のお小遣いだ。宿屋の主人に許可はもらったから、小僧と遊んで来い」

そう言うと、ルーベンスは銅貨を数枚と銀鎖《ぎんぐさり》のペンダントをフィンに手渡す。

「師匠、ありがとう！　このペンダントはウィニーの孵角だね」

お小遣いも嬉しいが、小さなクリーム色の三角形の孵角を撫でて、ウィニーが卵から孵った時を思い出して喜んだ。

少しふさいでいたフィンが元気になったことに、ルーベンスもホッとし、路地などには近づくなとだけ注意を与える。

フィンが小僧とルキア見物に出掛けるのを窓から眺めていたが、角を曲《ま》がって姿が見えなくなると、ルーベンスはベッドに横たわった。

このルキアの街に、アシュレイの防衛魔法の綻びを広げた魔法使いが居るのではないか、と考えていたのだ。

うるさいフィンを小僧と一緒に追い出せたので、ゆっくりと精神を研《と》ぎ澄《す》ませるための呼吸を繰り返した。

そして、相手の魔法使いに気づかれないよう、慎重《しんちょう》にルキアの街を探索していく。

（拙《まず》いのう……フィンは輝く星に見える。少しセーブする方法を教えなくてはなぁ。相手が気づかねば良いが……）

探索を広げる前に、弟子に引っかかりルーベンスは苦笑する。

愛しい弟子を離れて、少しずつルキアの街を探索すると、防衛魔法の波動《はどう》に気づいた。

「こんな所で防衛魔法など使うなんて、魔法使いでございます！　と旗を立てているのと同じだが……」

防衛魔法に引っかからないように探索を終えると、ベッドから窓際に移動して、どの場所か確認する。

「ルキアの街の領主の館《やかた》かぁ。侵入するのは、ちと手強《てごわ》いなぁ」

国境の街の統治を任された領主なのだから、武力も備《そな》えている上に、魔法使いを雇っているか、本人が魔法使いかもしれないとルーベンスは眉をひそめた。

シラス王国ほど他の国には魔法使いはいないし、その地位も高くないので貴族階級との婚姻は進んでない。

カザフ王国では魔法使いは雇われの存在なのだが、それでも貴族階級で魔力を持つ者がいるかもしれなかった。

宿屋の小僧は、客が到着する夕方前には帰って来いと主人に厳しく言われていたので、屋台で焼き鳥、揚《あ》げ菓子、甘い果汁を食べてフィンと一緒に帰って来た。

シャツについた揚げ菓子のカスや焼き鳥のタレにルーベンスは眉を上げる。

「腹を壊さなければいいが……とにかく、その汚れたシャツを着替えろ」

フィンは素直にシャツを着替えて、宿屋の女中に洗ってもらう。

夕方になると、市を訪れた人達が宿屋に泊まったり、食事をしに来る。

お腹いっぱいのフィンは、もう少し後で夕食をもらうことにして、吟遊詩人の弟子として伴奏する。

カザフ王国ではアシュレイの唄や竜の唄は鬼門《きもん》なのだが、ルーベンスは夏至祭に相応しい陽気な曲を何十曲も知っている。

外国なので魔唄も演奏しないが、達者な演奏と、リクエストの曲を全て知っているため、酒場は大盛り上がりだ。

夜も更《ふ》けてくると、ルキアの街で働いている若者達が、音楽に誘われて娘達を連れてやって来た。テーブルを端に寄せて、扉や掃《は》き出し窓を開け、路上にも椅子を置くと、宿屋の食堂は簡単なダンスホールへと変わる。

ルーベンスとフィンは、宿屋の主人がテーブルや椅子を並べ替えている間に、夕食を済ませた。

「師匠、少しは食べないと」

チーズを一かけ食べて、酒ばかり飲んでいる師匠をフィンは心配している。ウィニーに食べさせながらだと、肉やハムを細切りにして、少しは自分の口にも運ぶのにと溜め息をつく。

「そろそろ演奏を再開してくれよ」

宿屋の主人に急かされて、フィンは最後のパンを口に放り込む。夏至祭の前夜祭はおおいに盛り上がった。

二十四　白髪混じりの金髪の男

その頃、かつてフィンの家までケリンの遺品などを届けた男は、ルキアの街を治める領主の館の地下墓地にいた。

先月、王都で死去した先代の棺《ひつぎ》がこの地下墓地に埋葬されたのだが、その際、若きルキア伯アーマッドは見知らぬ男の棺を見つけた。

「我が誇《ほこ》り高い一族が眠る場所に、どこの馬の骨とも知れぬ死体があるだなんて！　とっとと運び出せ！」

そう召使い達に命じたが、誰も近づけなかった。

「魔法使いのゲーリックが何か呪文でも掛けているのだろう。ゲーリックを呼んで来い！」

その時、ゲーリックは北のサリン王国に潜伏《せんぷく》していた。

自分が掛けた防衛魔法への接触《せっしょく》を感じ、しかもアーマッドから「至急《しきゅう》帰って来い」と命令されて、あの馬鹿め！　と腹を立てて帰国したのである。

「ゲーリック、これがアシュレイの子孫だと言うのか？」

領主一族の埋葬地に敵国の出稼ぎ労働者の棺を安置した魔法使いを、アーマッドが胡散《うさん》臭《くさ》そうに眺める。

先代のルキア伯が死亡したのを、ゲーリックは歯噛《はが》みしたくなった。アーマッドは武芸に優《すぐ》れていたが、あまり魔法を重要視していなかった。

「とっとと変な呪いを解いて、この棺をどけろ！」

説明しても聞く耳を持たず、高飛車に命じるアーマッドに腹が立つ。

（この筋肉馬鹿め！　フレデリック王に配置替えしてもらうまでは、どうにか誤魔化しておくしかない）

切れ者だった先代とは違い、頭の中も筋肉が詰まっているのでは無いかと内心で毒づく。

「お待ちください、この遺体はシラス王国を侵略《しんりゃく》する時までここに安置するようにと、フレデリック王の命令書があります」

上着から取り出した命令書をアーマッドに渡すが、チラリと読んで投げて返された。

「館の庭にでも埋めておけば良い。それかどこか私の目に付かない所に置いておけ！　礼《れい》

拝《はい》の度に、こんな物が目に付くのは御免《ごめん》だ」

魔法で息の根を止めてやりたい気持ちになったが、これでも自国の伯爵なのだとグッと我慢する。質素な棺に眠るケリンを味方にできなかった失策《しっさく》を思い出して、ゲーリックは武人全員に腹を立てた。

召使い達は領主の命令に従ってケリンの棺を地下の埋葬場から運び出す。

「どこに置きましょう?」

それでいて召使い達は先代の領主がこの魔法使いを重用《ちょうよう》していたので、指示を仰《あお》ぐ。

ゲーリックは、今埋めてしまうとシラス王国を侵略する時に面倒だし、すぐに王都に行って筋肉馬鹿を他の領地へ飛ばしてもらうつもりだったので、馬小屋の干し草の中に隠させた。

地下埋葬場でもこの貴重な棺を守護する魔法を掛けていたが、同じように掛け直す。

(アシュレイの防衛魔法を、何も存在しないように通り抜けたケリンを見た時は、心臓が止まるかと思ったぞ。防衛壁の補修工事をしている出稼ぎ労働者が、壁の上からひらりと舞い落ちた設計図が風に煽《あお》られて防衛魔法の外に飛んだのを拾ったのだ。それも門までまわらずに、防衛魔法を突っ切って設計図を拾ったのだ。上手く話を持っていって、交易隊の人足《にんそく》に雇ったのに……)

ゲーリックはケリンの棺に守護の魔法をかけながら、自分の矛盾《むじゅん》に苦笑する。

ケリンを捕らえてカザフ王国の役に立てるつもりで、殺すつもりは無かった。しかし、ルキアに着く前に功《こう》を焦《あせ》った武人がケリンを縛り上げようとして、挙《あ》げ句《く》に逃げられてしまったのだ。

顔を知られたケリンをシラス王国に帰すわけにはいかないと、アシュレイの防衛魔法の向こうに逃げ込まれる直前で追いついた武人が、ケリンを斬り殺してしまった。ゲーリックは後ろから「殺すな！」と命じたが、ミンスの近くだったので大声を出せず、逃げられ気が立っていた武人の耳には届かなかった。

ゲーリックはケリンの死を悼《いた》んだが、家族に魔法使いがいるなら拉致《らち》するか皆殺しにしようと、冷酷《れいこく》な気持ちからカリン村に給金や遺品などを届けたのだ。

(悪名高《あくみょうだか》いアシュレイの子孫とは思えない。魔法使いが優遇《ゆうぐう》されるシラス王国なのに、この貧乏な暮らしは魔力が消え失せた証拠なのか？)

悲報《ひほう》に泣いている未亡人と沢山の子供達。見事な程に魔力の欠片《かけら》も感じないのに呆れて、ゲーリックはカザフ王国に帰った。

ケリンの遺髪で作った腕輪飾りのお陰で、防衛魔法を自由に通り抜けられるので、シラス王国へ偵察に出かけるのが楽になった。

防衛魔法さえ通り抜けられれば、魔法使いのゲーリックには高く聳《そび》える国境の防衛壁などなんでもない。

（北の国を自国に取り込んだら、今度こそシラス王国に侵攻するのだ。その時までケリンの遺体は厳重《げんじゅう》に保管しておかなければ……）

その前に、あの筋肉馬鹿をどこか他の場所に飛ばしてもらおうと、夏至祭の騒ぎに背を向けて、ゲーリックは王都へ急ぐ。

二十五　お父さん！

ルーベンスは、昼間に感じた防衛魔法が移動したのを感じて、おやっ？　と疑問を持つ。

明日が夏至祭なので、前夜祭は盛り上がったわりに早く終わった。

フィンにしては夜遅くまで演奏したので疲れて、ベッドに入った途端にすぅすぅと寝息を立てている。

ルーベンスは大儲《おおもう》けして機嫌が良い主人にもらったワインを一口飲むと立ち上がり、窓の外の暗闇の中に沈む領主の館の方を見つめる。

宿屋の主人と世間話をして、長年この地を治めたルキア伯が亡くなって、息子が爵位《しゃくい》を継いだとの情報を手に入れた。

（老《ろう》ルキア伯はフレデリック王の信頼を得ていたと聞いたが、息子はどういった人物なのか？）

それにしても領主の館に防衛魔法で護る物があるのは確かだし、こんな夏至祭で人が集まっている時に移動させたのは何故だろうと首を傾げる。

（明日は夏至祭だ。ルキアの街も夜遅くまで賑やかだろう。館は前伯爵の喪中《もちゅう》なので、夏至祭の宴会はしないし客も呼ばない。召使い達は夏至祭に出かけて、手薄《てうす》になるかもしれないな）

ルーベンスは防衛魔法で護られている物が何なのか、確かめようと思った。ただ、フィンを一緒に連れて行くべきかどうか悩む。

国境のルキアの街の領主を任されているのだから、館には騎士や兵士もいるだろう。

（夏至祭に少し出掛けてくれれば良いが……あと、魔法使いもいるしなぁ）

防衛魔法に接触した感触から上級魔法使いでは無いとは感じていたが、アシュレイの防衛魔法の綻びを広げる技を掛けたのなら、用心も必要だ。

「一人で置いて行くのは心配だ。一緒に連れて行こう」

今ならアシュレイの防衛魔法も、門の所は開いている。いざとなったらフィンを移動魔法でミンスの門まで飛ばせば良いと決心する。

明日の夏至祭は長丁場《ながちょうば》になりそうだと、ルーベンスには珍しく早めにベッドに入った。

ルキアの街の夏至祭は午前中の礼拝から始まったが、ルーベンスもフィンもパスする。

「荷物を纏めておくのだぞ」

楽器以外をルーベンスはフィンに纏めさせて、一ヶ所に置く。

「フィン、この場所をよく覚えておくのだよ」

「師匠、まさか食い逃げ？」

弟子の言葉にがっくりして、演奏で宿代はチャラだと叱る。フィンは何か偵察するつもりなのだと気づいて、念入りに荷物を置いた場所を心に刻む。

「明日には次の街に行きたいから、早めに演奏を終えたい」

「ええっ～、夏至祭なのに！　年に一番の稼ぎ時じゃないか」

ぶつぶつ文句を言う主人に、昼過ぎから演奏を始めるという条件を出す。

「まぁ、他の店は夕方からしか演奏しないし……」

夕方からお客様を招いて宴会を催《もよお》す家もあるので、奉公人の中には昼間しか休めない者もいる。そんな奉公人達が、昼過ぎからの陽気な音楽に誘われて宿屋に集まり、満杯になった。

しかし、やはり本格的な夏至祭は夕方からで、ルーベンスはなかなか抜け出すチャンスが見つからず苛々《いらいら》する。

「おい、そこの流しのお兄さん達！」

素人《しろうと》に毛の生えた連中が、あちこちの酒場で演奏しては小遣い銭を稼いでいるのを見つけて、ルーベンスは交代する。

「おい、あんな下手な連中じゃあ困るよ～」

少し休憩するだけだと言って、ルーベンスが主人と酒を飲んでいる間に、フィンは馬とロバをそっと連れ出して、荷物を引き寄せてくりつける。

主人が次々と入るオーダーに応えている隙に、ルーベンスは素早く外に出た。

賑やかな夏至祭を見学している風を装って、二人は馬やロバを引いてゆっくりと領主の館に近づいていく。

下町を通り抜けると、少し大きな家が立ち並ぶ地区に着いた。領主の館は喪中で静かだが、他の家では例年より少し自重《じちょう》しながら夏至祭を祝っている。

「流石に領主の館には門番が立っているなぁ」

遠目でも門の前の篝火《かがりび》に二人の門番の姿が浮かび上がり、槍を持っているのがわかる。

正面からは無理だと、ルーベンスは遠回りして裏門を探す。

裏門は、館に食物や馬の餌などを運び込む勝手口で、本来なら夜は固く扉が閉まっているはずだが、宴会が開かれないので、ちょこちょこと召使い達が交代で夏至祭に行っている。

ルーベンスとフィンは、馬とロバを隣の屋敷の裏手ある石榴《ざくろ》の木に繋いだ。

『じっとしておるのだぞ！』

ルーベンスは馬とロバに、いつもの馬小屋で寛《くつろ》いでいる暗示をかける。

「フィン、姿消しはできるか？」

前にウィニーに姿消しを教えた時に一度やっただけなので、ルーベンスは確認した。

「できます！」

自信ありげな返事に頷き、ルーベンスは防衛魔法が掛かっている場所を慎重に探索する。

「変な場所だが、罠ではあるまいな」

馬小屋の干し草置き場に、防衛魔法を掛けるような貴重な物を置いているのかと、ルーベンスは首を傾げる。裏門から召使い達が出入りする合間をぬって、敷地内に侵入する。

暗い庭を慎重に木の陰を選んで進み、大きな馬小屋にたどり着く。

ルーベンスは馬達が侵入者に驚かないように、外から暗示を掛けたので、順調に干し草置き場まで梯子《はしご》を登りきった。

フィンは梯子を登りながら、ドキドキと心臓の音がうるさいほど緊張する。

(何だろう……この感覚は……凄く嫌な気持ちがする……)

フィンは、防衛魔法を掛けた白髪混じりの金髪の男の気配を感じていた。

「師匠、この防衛魔法を掛けたのは、あの男だ！」

ルーベンスは干し草をフィンと二人で取り除き、質素な棺を見つけ出した。

フィンは不快な防衛魔法の中にある棺から父の気配を感じ取る。

「お父さん！」

　棺に駆け寄るフィンを、ルーベンスは罠かもしれないと制した。

「でも、こんな所に置いておけないよ」

　涙ぐむフィンの肩に手を置き、当たり前だ！　とルーベンスも怒りを抑えるのに苦労する。

「しかし、防衛魔法を掛けた魔法使いがいるのだ。慎重にしなくてはな」

　ルーベンスはゲーリックの防衛魔法を包み込むように、自分の防衛魔法を掛ける。

「カリン村まで移動魔法で送るのも可能だが、いきなり父親の棺が現れたら、驚くのではないか？」

　フィンもお母さんは腰を抜かしちゃうと、首を縦に振る。

「まずは、塔で我慢してもらおうか」

　こんな敵国の馬小屋よりルーベンスの塔の方が安心だとフィンは頷く。パッと棺が金色に光って消えた後を、フィンはじっと見つめる。

「さぁ、フィン！　帰るぞ！」

　白髪混じりの金髪の男が父の死の真相を知っているのだ。

　フィンは探し出して聞きたいと拳を強く握りしめた。

「師匠、俺は……」

　ルーベンスは泣いているフィンを抱きしめて、真相は調査してやると約束した。

「しかし、今は早く撤退《てったい》しなくてはな！」

フィンも、泣くのは国に帰ってからいくらでも泣けば良いのだと気持ちを切り替えて、館から脱出することに集中する。

しかし、裏門は領主にバレないように夏至祭を一時楽しんだ召使い達がぱらぱらと帰って来るので、なかなか脱出できない。

「フィン、姿消しをしろ！」

フィンは呼吸をして精神を集中し、空気の隙間に滑り込む。ルーベンスも姿を消して、召使い達の合間をぬって館の外に出た。

馬とロバを繋いだ場所に着くと、木の陰で姿を現して、ゆっくりとルキアの街を離れる。

防衛壁を通る時に、門番に止められるのではと、フィンは緊張したが、市を畳んだ商人が少しでも早く仕入れた商品を売ろうと短い列を作っており、その列に紛れて門をくぐり抜けることができた。ミンスの街へと向かう。

ミンスの街からも、ルキアに帰る交易隊が何組か見える。

フィンはカザフ王国からルキアの街を眺めて、天まで届くのではないかとアシュレイの防衛魔法に感嘆《かんたん》する。

「もしかして、師匠がこの防衛魔法を維持しているのですか？」

今更、何を言うのか！　とルーベンスは呆れた。

「夏休みの課題はできそうか？」

浅い川を越えてミンスの街に近づくと、防衛魔法の穴が数ヶ所目につく。フィンはふらふらと街道から外れ、交易隊から見えない場所の綻びに近づく。

「穴だよねぇ……」

ルーベンスがギョッとしたことに、フィンは綻びに指を突っ込んだ。

「指が切れても、知らないぞ！」

ええっ〜！　と驚いたフィンは振り向きざまにバランスを崩して、防衛魔法を通り抜けて内側に転がり込んだ。

ルーベンスは一瞬、自分が老《お》いぼれて防衛魔法が機能していないのかと驚く。石を拾って防衛魔法に投げると、跳ね返ったので機能しているのだと安堵する。

「何をしているのですか？」

フィンは膝までしかない防衛壁を跨いで、外側にやってくる。

ルーベンスは自分が維持しているにもかかわらず、そんな真似はできないので、アシュレイの血が原因だと推察《すいさつ》した。

フィンが通り抜けた場所の綻びは広がっている。

「なる程！　こうやって綻びが広がったのだなぁ」

フィンのくるくるの髪の毛を一房《ひとふさ》切り取ると、ルーベンスは自分の手首に巻きつけて、防衛魔法にそっと差し込む。スルリと手が入ったのを確認して、ケリンの棺を防衛魔法で護っていた理由がわかった。

「あれ！　でも、なんで俺は防衛魔法を通り抜けられたのかな？」

ルーベンスは「鈍い！」と溜め息をつく。

「さぁ、ウィニーを引き取りに行こう！」

もしかして、桜の大木の下に眠る魔法使いはアシュレイなのかと、フィンは閃《ひらめ》いた。

「馬鹿なぁ〜！　まさかね？」

やっと気づいたのかと、ルーベンスは苦笑するしかない。

「もしかして、お父さんはこれが原因で殺されたのかな？　あっ！　じゃあ、あの男がカリン村に給金や遺品とかを届けに来た目的は……」

唾《つば》をゴクンと呑み込んだフィンの肩を叩いて、家族には魔力の欠片もないから大丈夫だと安心させる。

「お前の父親のケリンは、魔力を少し持っていたのだろう。防衛壁の補修工事をしている時に、さっきのお前のように防衛魔法を越えたのかもしれないなぁ。それを知ったカザフ王国の密偵《みってい》に利用されそうになって、トラブルに巻き込まれたのだろう」

そして遺体は、シラス王国侵略の時、防衛魔法を通り抜けるために利用するつもりだったのだ。ルーベンスは推測したが、フィンには告げなかった。

（おぞまし過ぎる計略《けいりゃく》だ……）

フィンは師匠が口にしなかった作戦を感じ取り、白髪混じりの金髪の男に怒りを感じた。

「もしかして、俺がベッドに隠れてなかったら……」

ルーベンスは、フィンが殺されるか連れ去られたのかもしれないと思いゾッとした。

「さぁ、早く門をくぐろう。棺が無くなったのに、あの防衛魔法を掛けた魔法使いは気づいているだろうからな」

館に魔法使いが居なかったのはラッキーだったなぁと、ルーベンスは帰国を促した。

夜遅くになり、交易隊もいなくなったので門を閉めようとしていたウェストン騎士団は、馬とロバに乗った吟遊詩人を迎え入れた。

二十六　ウィニーの初狩り

『フィン！』

レスター団長の部屋に入った途端、ウィニーがフィンに向かって飛んできたのを抱きとめる。

『ウィニー！　元気にしていたかい？』

レスター団長はこれでチビ竜の世話から解放されると思い、本当にホッとする。

動物は好きだし、餌を与えるのも苦《く》にならないが、糞《ふん》の始末には苦労した。

いや、糞の始末自体は、騎士見習いの時に馬小屋の掃除などの当番をしたので苦ではないが、チビ竜の存在を秘密にしているので、団員に見つからないよう始末するのに毎回汗をかいたのだ。

レスター団長はフィンに甘えた声を出しているウィニーを微笑《ほほえ》ましく眺めていたが、実はきゅぴきゅぴと、生き餌をフィンにねだっていたのだ。

『ええっ〜と、生き餌ねぇ……』

どうしましょう？　と目線を向けられて、レスター団長は困惑する。

「おお！　そうだった！　ウィニーに留守番できたらご褒美に生き餌をやると約束したのだ。レスター団長、お願いしとくぞ。私は少し疲れたからなぁ〜」

酷い‼　レスター団長とフィンの非難《ひなん》の目を無視して、ルーベンスは客室に引き揚げる。

「何を食べるのだろう？」

「さぁ？　俺も生き餌を与えるのは初めてなんです」

うう〜む、と腕組みして考え込んだレスター団長は、ハッと妙案《みょうあん》を思いつく。

「鷹匠《たかしょう》を呼べ」と部屋の外に立っている護衛に命じる。

フィンはウィニーに生き餌を用意するからと言い聞かせて、バスケットに入らせる。

レスター団長は言葉が通じるのは良いなぁと羨ましく眺める。

一日中、執務室にいるのを不審に思われては困るので、ウィニーをバスケットに入れて寝室に移動する時に、非常に苦労したのだ。

鷹匠に初めて生き餌を与える時は何が良いか？　と質問する。

「いつ、若鷹を手に入れたのですか？　私に任せていただけないのですか？」

しまった！　こやつは鷹馬鹿だったと、レスター団長は慌てて、客人の持ち物なのだと否定する。

鷹匠は呆気に取られて目をパチクリしているフィンの足元のバスケットに、愛しの若鷹がいるのかとガバッと開ける。

『クルルッピ』

「これは！　竜ではないですか！　いつ卵から孵ったのですか？」

よしよしとチビ竜に話しかけながら、そっと抱き上げる。

「鷹匠さんは竜が怖くないのですか？　この子はウィニーといいます。卵から孵って三ヶ月かなぁ」

うっとりと、ウィニーかぁと呟く。

「今までは、どんな物を食べさせていたのですか？」

旅の間はハムか干し肉が多かったと言うと、顔をしかめる。

「肉食獣は内臓《ないぞう》を与えないといけません。よちよち、ちゃんと生き餌をあげるよ」

初めてなら小さくて狩りやすい物が良いと、ポケットからハツカネズミを取り出す。

フィンとレスター団長は、持ち歩いているのか！　と、どん引きするが、ウィニーはグルルルルと興奮して喜ぶ。

「ほら！　逃がすなよ〜」

ハツカネズミの尻尾を持って、遠くに投げる。ウィニーはバタバタと羽ばたいたかと思うと、ハツカネズミを後ろ脚の鉤爪《かぎづめ》で捕まえた。

ひぇ〜と、目を瞑ったフィンに、鷹匠は褒めてやるようにと指示する。

『ウィニー、凄く狩りが上手いんだね』

『当然だよ〜！　だって竜だもの』

得意満面のウィニーに家畜は襲わないようにと言い聞かせなければならないのかと、フィンはトホホな気持ちになった。

「食べて良い！　と命じなさい。そうすることで、貴方が命じるまでは食べないという習慣をつけるのです！」

なるほど！　フィンはウィニーに『食べて良い！』と命じる。

ウィニーは狩りの成功で、食べるのを忘れていただけだが、フィンの言葉で美味しそうな内臓から食べ始める。

「竜は賢いなぁ～」と、うっとりしている鷹匠に、秘密なんですと口止めする。

「何故ですか？　こんなに完璧《かんぺき》なのに。私には言葉は理解できませんが、ニュアンスは感じます。貴方はウィニーと話せるのでしょう？　こんな素敵な生き物は、鷹以外にいないと思っていました」

フィンは鷹匠からごく微力《びりょく》の魔力を感じる。

「鷹匠さんは魔力を持っているんだね。鷹の言葉がわかるの？」

鷹匠は驚いて首を横に振る。

「まさかぁ！　私は庶民《しょみん》ですよ～。それに賢い鷹の言いたいことがわかる気がするだけですよ」

「俺も農民出身ですよ。魔法学校に行けば、税金が免除されると聞いて受験したのです」

へぇ～と、鷹匠は驚いたが、自分は魔法使いより、鷹の世話が向いていると笑う。

レスター団長はフィンが貴族出身で無いのは一目で感じていたが、そんなに貧乏な農家出身とは思ってもみなかった。そして、そのフィンが将来はシラス王国の守護魔法使いになるのだと、不思議な想いに囚《とら》われる。

『あっ！　ウィニー、暖炉の灰の上でしてよ』

レスター団長の高尚《こうしょう》な想いも、ウィニーの排泄行為で中断された。

「へぇ〜。上手く躾けてあるねぇ」

トイレでもさせられる、とフィンが得意げに話すので、レスター団長は、それならトイレでさせてくれたら良かったのにと、恨めしく思った。

「竜の糞かぁ〜、何かの薬になるかなぁ？　もらって良いですか？」

フィンが驚いて首をコックリすると、鷹匠はポケットからボロ布を取り出して、灰の上の糞を器用にしまう。

結局その夜は、騎士団の客室に泊まることになった。

生き餌に満足したウィニーはすぅぴぃと寝息を立て、ルーベンスはどこかで酒を飲んでいるようだ。

「先に寝ていなさい」と言われたフィンは、ウェストン騎士団には変わった鷹匠がいるなぁと思いながら眠りに落ちる。夢の中で父が微笑んでいるのを見て、一筋《ひとすじ》の涙を零《こぼ》した。

二十七　夏休みの課題は難《むずか》しい！

「お父さん！」

夢で見た父が微笑んでいたのを思い出して、きっとトラブルに巻き込まれたのも運が悪かったと諦めて死んだのかもと、フィンは苦笑しながら一筋の涙を拭く。

苦しい生活だったが、働き者でいつも陽気だったと、その最期よりも、自分の心の中にある父の姿を覚えておこうとフィンは決めた。

（でも、あの白髪混じりの金髪の男を見つけ出すのは、別の話だけど……）

フィンは父親の思い出は大事にしたが、それと、旧帝国を復活しようなんて勝手な考えでカザフ王国が父親を利用しようとしたのは別問題だと考える。

フィンは少しずつ、上級魔法使いルーベンスの弟子見習いとして、シラス王国を護っていこうという意識を持ちだした。

「まずは夏休みの課題をしなきゃ！」

布団を被って寝ている師匠は当分起きて来ないだろうし、普段は腹を減らして朝から大騒ぎするウィニーも、夜食のハツカネズミで満足したのか寝ている。

「夏至祭の交易隊が帰って来る間は、門は開いているんだよなぁ」

わざわざ開けてもらうよりは、開いているうちに防衛魔法の綻びを修復する方法を考えようと、フィンは国境の門へ向かう。

ウェストン騎士団は、出て行く交易隊より、帰ってくる交易隊を厳しく詮議《せんぎ》して通している。ウィニーの世話から解放されたレスター団長も、朝の当番の騎士達を激励《げきれい》に来ていた。

「おはようございます。レスター団長、少し門を出たり入ったりして良いですか？」

国境の門を出入り？　レスター団長は首を傾げる。フィンはレスター団長の近くに行って、師匠に夏休みの課題を出されたのですと告げた。

魔法使いのやることなど武人には理解できないと、レスター団長は防衛魔法の外に出ないようにと注意して許可を出す。命令書を携帯《けいたい》のペンとインク壺を出してさらさらと書くと、フィンに渡してくれた。

門を護る騎士に命令書を見せて、フィンは防衛壁の外に出た。

防衛壁から数メートル先に、アシュレイの防衛魔法が聳《そび》え立っている。フィンは防衛壁に寄りかかって、空を見上げた。

（目で見える範囲では、上には穴は無さそうだ。そうだよなぁ、人間は空を飛ばないもの……）

昨夜、自分で広げてしまった綻びの場所まで歩いていき、ジッと観察する。

目に見える防衛壁というか、石垣《いしがき》が崩れている場所に綻びが多かった。

（もしかして……）

フィンは崩れて落ちている岩を何個か、防衛魔法の穴がキチンと塞がるイメージを与えながら積み上げる。

放牧地の石垣でももっとキチンとしているが、適当に積み上げた岩は地面から伸びた緑の網《あみ》が絡まり、誰が押しても落ちない程に強固《きょうこ》だ。

ふぅと額の汗をシャツで拭いて、少し離れて積み上げた場所を見た。

防衛魔法の穴が塞がっているのを確認して、満足の笑みを浮かべる。

しかし、防衛魔法を見回して何ヶ所もあるなぁと溜め息をつく。

「全部、塞ぐのかなぁ……これで良いか、師匠に聞いてからにしよう。お腹すいたよ～」

朝食を食べに門をくぐったフィンを、レスター団長は怪訝そうに眺める。何をするのか興味を持って、フィンが岩や石を積み上げるのを見ていたのだ。

「あんな雑な積み上げ方では、すぐに崩れ落ちてしまうぞ」

そう考えた瞬間、レスター団長はフィンが防衛魔法の上に岩を簡単に積み上げていたと気づいて真っ青になった。

「防衛魔法が消滅《しょうめつ》しているのか？」

慌てて門の外に行き防衛壁に沿って少し歩いてから防衛魔法に小石を投げると、パンと跳ね返る。

「良かった、防衛魔法は消滅していない。ということは……フィンは防衛魔法に岩を積んでいたのだな」

上級魔法使いルーベンス様の弟子なのだから、普通の農家の子供に見えても違うのだと、レスター団長は自分も見た目で判断されていたと反省する。

フィンは朝飯前に重労働したので、騎士達が食べるボリュームたっぷりの朝食をお代わりする。

「先にウィニーの朝食を取っておかなきゃ……」

生き餌の方が良いと鷹匠に言われたが、ネズミを毎回食べさせるのは無理だと悩む。

(ネズミなんか寮に持ち込んだら、マイヤー夫人に殺されちゃうよ)

フィンは分厚いハムステーキをハンカチに包んでポケットに入れた。

「ウィニーにハムをやるのか？」

鷹匠がフィンの隣に座って話しかける。

「鷹匠さん、おはようございます。やはり生き餌の方が良いのですか？」

「鷹匠さんって呼ばれるのは恥ずかしいなぁ。去年、なったばかりなんだ。バースって呼んでくれよ。生き餌を与えるのは、狩りの練習もあるが、栄養のある内臓を食べさせるためなんだ。だから、ウィニーに時々は生《なま》レバーを食べさせた方が良い」

食堂で朝食を食べていた騎士達は、日頃は無口な鷹匠がしゃべっているので驚いた。

バースはフィンにウィニーはどのくらいの大きさになるのか？　とか色々質問してきたが、フィンが全くわからないと答えると呆れ返った。

「もしかしたら、人を乗せて飛べるのかな？」

「そうなったら良いけどね」

二人でウィニーの話をしていると、フィンは朝食をお代わりしたのに空腹を感じる。

「あっ、バースさん、もう行かなきゃ！　ウィニーが起きて、お腹をすかせているよ」

バースは、慌てて朝食のトレイをひっくり返しそうになりながら、どうにか返却口に返して走り去るフィンの後ろ姿を、心配そうに眺める。

（遠く離れていても、ウィニーの様子がわかるのは凄いが、あんなに落ち着きが無いのは困るなぁ。鷹を育てるのも、落ち着いて世話をしないと駄目なんだ。魔法学校がどんな所か知らないが、まだ学生なら勉強とかもあるのだろう……）

バースは鷹を熱烈に愛しているが、チビ竜をあの落ち着きの無いフィンがちゃんと育てられるのかと、心配で堪らなくなる。

「何を考えているんだ！　念願《ねんがん》の鷹匠になれたのに……」

世襲《せしゅう》が多い鷹匠の世界で、弟子になるための入門料を払うのに苦労したのを思い出す。

バースは鷹の気持ちを読み取る天賦《てんぷ》の才能があったから、他の弟子より早く鷹匠になれた。その上、ウェストン騎士団の鷹匠に雇われて、気紛れな領主様の相手をするより恵まれていると思っている。

でも、昨夜チビ竜を見て一目惚《ひとめぼ》れしてしまったのだ。

自分は鷹と心を通わせられるものの、チビ竜は人の言葉を理解していると、バースはうっとりする。

（それに、空を飛べるかもしれない！）

鷹に憧れたのも、空を飛ぶ雄姿《ゆうし》を子供の頃に見たからだ。

バースは竜を育ててみたいと考えていた。

二十八　ルーベンス、反省する

ルーベンスはフィンがウィニーに餌をやっている騒動で目が覚めた。

『早くちょうだい！』

『ちょっと待ってよ、切るから』

ポケットから出したハムステーキを、ナイフで切って与えようとするのに、ウィニーは早く食べたいとフィンの足元でバタバタ飛び跳ねる。

「うるさい！　朝っぱらから騒がしいぞ。生き餌が食べられるなら、ハムぐらい切らなくても平気だろう」

師匠の寝起きの機嫌の悪さには慣れっこのフィンは、素直に謝って、ウィニーに分厚いハムステーキを丸ごと与える。

『細く切らなくて大丈夫かい？』

心配して尋ねるが、グルルと食べるのに夢中だ。

チビ竜のウィニーだが、いつまでも細切りの肉やハムでは食べた気分にならないのだろうと、フィンはムシャムシャ食べている姿に溜め息をつく。

「ずいぶんと逞《たくま》しくなったなぁ」

ルーベンスはフィンに関節痛の治療の技を掛けてもらいながら、ウィニーは肉食獣の竜なのだと改めて感じる。

「鷹匠のバースさんが、時々は生レバーを与えた方が良いと言っていました。師匠、ウィニーはどれくらい大きくなるのかなぁ？」

ルーベンスも文献《ぶんけん》で調べてみたが、納屋《なや》ほどの大きさだとか、犬ぐらいだとか、小馬ぐらいだとか諸説《しょせつ》あり、全く当てにならない。

「ドラゴンを倒した勇者と名乗る者は、大袈裟《おおげさ》に表現したのではないかと思う。大きめの犬か、小馬ぐらいではないかな？」

鳩《はと》くらいのウィニーが小馬の大きさになるのかなと、フィンは首を傾げる。

「竜に乗って飛べるかな？」

「さぁ、どうだろうなぁ？　それより、夏休みの課題はできたのか？」

フィンはあれで良いのかなと、少し考えて頷く。

「なんと！　塞げたのか！」

ルーベンスは驚いて、防衛魔法を見に行く。

確かに、昨夜フィンが転がり落ちて広がった綻びが、見事に塞がっている。

「どうやって塞いだのだ？」

ルーベンスは少し離れた場所にある綻びをフィンに修復させてみる。フィンが石や岩を積み上げて修復する様子を、じっくり観察する。

（土の魔法体系を使っているのだな。それにしても、岩を積み上げて、石垣を補修する必要があるのだろうか？）

夏至祭の後の太陽の下で、汗をかきながら岩を積み上げているフィンに、もっと楽な方法があるのではないかと疑問を持つ。しかし、ルーベンスはアシュレイの防衛魔法をいじる勇気が無かったので、何も口を出せない。

（魔法学を少し真面目に教えなくてはいけないなぁ。フィンは学問的な知識を学ぶ必要がある。トラビス師匠が著《しる》した魔法学の本があるが、難解《なんかい》過ぎるかなぁ〜）

成長期のフィンに無理をさせたくないと、魔法学の授業で竪琴ばかり練習させていたのを、今になってルーベンスは少し反省した。

学術的知識があれば、こんな重労働を伴《ともな》う修繕方法を取らなくも良いと気づくだろうにと溜め息をつく。

汗をかいて岩を積み上げたフィンに、そのくらいで良いと声を掛ける。

「見事に修繕できているが、やり方を工夫する必要があるな。そんなに体力と魔力の両方を消耗《しょうもう》するのは問題がある。夏休みの課題は合格だが、お前には魔法学の勉強が必要だ」

フィンは合格と聞いて喜んだが、魔法学の勉強という言葉にがっかりする。

「魔法の技を教えてくれれば良いのに……」

『魔法学入門』の教科書を、魔力に自信が無かった入学したての頃に暗記《あんき》するほど繰り返し読んだが、凄くつまらなかったのだ。

「魔法学を学んで、アシュレイの防衛魔法がどのようにして構築されているのか研究しなさい。私には無理だったが、お前にはできるかもしれない」

そう言うと、ルーベンスはフィンが岩を積み上げて土の魔法体系で綻びを修繕していたのを参考に、防衛魔法にある綻びを閉じた。

「わぁ〜！　師匠！　凄い」

凄いのはお前だ、と内心でルーベンスは考える。自分は綻びを埋めただけだが、フィンが修繕した箇所は明らかに防衛魔法が強化されているのを感じたからだ。

（トラビス師匠の語るアシュレイ像からすると、この防衛魔法の構築の仕方は……）

だいたいこの崩れかけた石垣を誰が積み上げたのか？　とルーベンスは考えて、農民出身で暇があると畑仕事をしていたというアシュレイがしたのでは無いか？　と推察する。

（あながちフィンのやり方で間違って無いのかもしれない。これからは、トラビス師匠の書簡《しょかん》だけでなく、兄弟子達の書簡も調べなくては）

トラビス師匠はアシュレイの最後の弟子で、入門した時は防衛魔法を張りめぐらした後だったのだ。

兄弟子達の中には、国境線をくまなく囲っている防衛魔法を構築する手伝いをした者がいるかもしれないと、ルーベンスはトラビス師匠の書簡しか研究していなかったのを反省する。

（他の弟子達の著書は読んだが、シラス王国の命綱《いのちづな》ともいえるアシュレイの防衛魔法のことは書いてなかった。しかし、書簡には何かヒントが書いてあるかもしれない）

膨大な未調査の書簡を思い出し、ルーベンスは顔をしかめたが、フィンを育て上げるのに役立つこともあるかもと溜め息をつく。

上級魔法使いの弟子として、シラス王国を守護していくという自覚が、フィンにも少しずつ芽生《めば》え始めた。ルーベンスも、やっと師匠として弟子を指導していかなければならないという覚悟が決まった。

ヘンドリック校長やヤン教授が知ったら、ホッとすると同時に、一年近くも何をしていたのだと、怒っただろう。

ルーベンスなりに弟子のことを心配して指導していたが、もっと学術的知識を授けたり、シラス王国の上級魔法使いになるという立場を自覚させたりしなくてはいけないのだ。

（そろそろ、王にも会わせなくてはいけないかもなぁ……あまり王宮には行きたく無いのだが……）

マキシム王はともかく、サリヴァンに蔓延《はびこ》る贅沢三昧《ざんまい》の貴族達がルーベンスは大嫌いで、王宮には足を運ばないことにしている。あの馬鹿どもを守護する防衛魔法を解いてしまいたくなるからだ。

しかし、庶民の暮らしを考えると、防衛魔法を維持しなくてはいけないと感じるのだ。

ルーベンスには吟遊詩人として、畑仕事や商売で得たお金を持って酒場で一時の楽しみを享受する人々に接することが必要なのだ。

（貴族の中にも尊敬に値する立派な人物は多いが、昨今のサリヴァンの貴族にはヘドが出る。奴らはカザフ王国の策略《さくりゃく》に引っかかって、売国奴《ばいこくど》になりかねない）

ルーベンスは客室で一休みしながら、カザフ王国の他国を侵略する方法に歯軋《はぎし》りする。

（今は北のバルト王国を狙っているが、王女を娶ったサリン王国もいずれはカザフ王国の傘下にくだるだろう。何か手を打たなくてはいけないが……）

カザフ王国が次第に小国を併合《へいごう》して強国になるのを、何の妨害《ぼうがい》もできず見逃してきたのをルーベンスは反省していた。

この度のサリン王国との婚姻や、バルト王国を挟み撃ちにしようという策略は、シラス王国と国境を接している三国の問題なので、何か手を打ちたいと考える。

(フィンがもう少し大人なら、サリン王国や、バルト王国に偵察に行くのだが……)

ルーベンスは自分も年を取ったものだと溜め息をついた。数十年前なら、単独でサリン王国やバルト王国に偵察に行って、妨害工作を試《こころ》みただろう。

色んな問題が山積《やまづ》みだとルーベンスは頭が痛くなるが、まずは自分の塔に送ったケリンの棺から解決しようと決める。

「夏休みの課題も済んだし、サリヴァンに帰ろう。父上を埋葬しなくてはいけないからな」

フィンは大きく頷いた。

二十九　パックの夏休み

ルーベンスとフィンはサリヴァンへ帰るのを告げに、レスター団長に挨拶をしに行くと、鷹匠が先に団長室に来ていた。

レスター団長は昨年雇ったばかりの鷹匠が辞めたいと言い出したのに困惑する。

「おや、お取り込み中かな。レスター団長、滞在させていただいたが、そろそろサリヴァンへ帰ろうかと思う」

レスター団長は防衛魔法の上に弟子のフィンが岩を積み重ねたり、ルーベンスが門の外に出て話し合ったりしていたので、問題が解決したのか質問したかった。

しかし、自分には防衛魔法は見えないし、今も存在しているのは確かなので、上級魔法使いのルーベンス様に任せるしか無いのだと腹をくくる。

「私をサリヴァンに連れて行ってください。竜の世話をしたいのです」

突然バースに頼まれて、ルーベンスは驚く。

「お前さんはウェストン騎士団の鷹匠なのではないか？」

レスター団長は口の重い鷹匠が何故辞めたいのか理解した。

「バースは竜に魅せられたのか。鷹馬鹿だったのに……」

ルーベンスは、今はウィニーだけだし、チビ竜なので寮の部屋で飼えるが、文献によると大型犬か、小馬ぐらいにはなりそうなので、いずれは竜舎《りゅうしゃ》が必要になるだろうと考えていた。

「バースとやら、そう急に辞めると言ってもウェストン騎士団にも迷惑がかかるだろう。後任《こうにん》が見つかってから、アシュレイ魔法学校に来るが良い。チビ竜が大きくなったら、竜舎を建てなくてはいけないと思っていたのだ」

バースは雇ってもらえると喜び、レスター団長も後任の鷹匠が来るまで彼がいると知ってホッとする。

フィンはウィニーをずっと側に置いておきたいと思ったが、自分が授業を受けている間、部屋に閉じ込めておくより、バースが世話をしてくれる方が安心だとも思う。

バースからウィニーに間食《かんしょく》をさせるなとか、食べてよし！　と言ってから食べさせろとか、細々と注意されてウェストン騎士団の駐屯地を去る。

「フィン、気が急くなら吟遊詩人の営業はしないで、サリヴァンに直行するが……」

ミンスの街にはサリヴァンへ続く街道が通っている。往きの海沿いの街道よりも、内陸の街道の方が実は距離は短い。

「お父さんは、ルーベンスの塔で待っていてくれますよ。それに街道は交易隊が行き来しているから埃っぽいし、ウィニーをずっとバスケットに入れたり、姿を消させて行ったりしなきゃいけないもの。海沿いの道を、ゆっくりと帰りましょう」

フィンはあの天まで届きそうな防衛魔法を師匠が維持していると知った時から、吟遊詩人として自分が守護している人々と楽しみたいのなら、邪魔はしないでおこうと考えるようになった。

サリヴァンの一部の貴族をフィンも好きでは無いし、師匠も嫌いなのだと察したのだ。

ルーベンスは弟子に気遣われて苦笑する。

「お前の父親なら気も良さそうだから、夏休みを楽しめと言ってくれそうだな」

フィンも、父ならそう言うだろうと笑った。

国境の街のミンスから、海沿いの街道まででて東に向かう。

海に人気《ひとけ》が無い時には、フィンとウィニーは海水浴を楽しみ、ルーベンスは木陰でのんびりと竪琴を爪弾く。

夕方には宿屋に着いて、吟遊詩人として営業をするといった、のんびりとした旅を続ける。フィンも吟遊詩人の弟子として、竪琴の伴奏も上手くなり、何の弟子やらと苦笑する。

その日もルキアの夏至祭で買った麦藁帽子を被ったルーベンスとフィンは、のんびりと海岸沿いの街道を東へ進んでいた。

「あちらで何か人だかりが……良い匂いだ！　バーベキューをしているんだ」

くんくんと鼻を動かしているフィンとウィニーを笑ったが、小食のルーベンスも美味しそうな匂いだと認める。

「少し、ご馳走になって行こうか。ウィニー、後であげるから、姿を消しているんだぞ」

シラス王国ではルーベンスは竜に好意的になってもらおうと、『アシュレイと竜』『竜の卵』『ウィニー』などを演奏していたが、まだ一般の人々は竜を怖がっている。ウィニーは食欲を刺激する匂いに、ぐるると不満の鳴き声をあげたが、フィンの肩に乗って姿を消す。

人だかりに近づいて行くと、何だか見たことのある赤毛の少年がバーベキューをしているのにフィンは気づいた。

「お～い！　パック！」

採《と》り立ての魚や、海老や、貝を鉄の網の上で焼くのに夢中になっていたパックは、懐かしい声に顔を上げる。

「フィン！　それにルーベンス様！　あれっ？　ウィニーは？」

ウィニーはパックなら大丈夫だとフィンに言われて、姿を現すと、ちゃっかりとバーベキューの場所に飛んで行く。

「おお！　竜だぁ」

ぱたぱたと飛んできたチビ竜に人々はざわついたが、パックからウィニーのことを耳にタコができるほど聞かされていたので、驚きはしても怖がりはしない。パックは焼いた魚をウィニーに与える。

『美味しい！』

パックの一族には魔法使いが多く、ウィニーの言葉を聞いて、パックが竜は話せると言っていたのが本当だったのだと笑う。

「ルーベンス様、ようこそベントレーへ。こんな田舎料理ですが、お召《め》し上がりください」

パックの父親もアシュレイ魔法学校出身なので、ルーベンスの顔は知っている。丁重に椅子や食事を勧められて、やれやれとルーベンスは溜め息をつく。

パックはフィンに焼いた魚や貝を山盛りにした皿を渡すと、浜辺に敷いたゴザの上で二人で食べる。

「良い匂いに誘われて来たら、パックがいたから驚いたよ」

「こっちも驚いたよ～！　ルーシー、おかわり持ってきて！」

皿いっぱいの魚や貝も、食べ盛りの二人はあっという間に平らげて、パックは妹のルーシーに皿を渡す。

パックの一族らしい赤毛と青い目をした可愛い妹に、フィンはカリン村の自分の妹を思い出した。

普段なら「自分で取ってきたら！」と怒るルーシーだが、お客様の前だから我慢して、皿に魚や海老を山盛りにして持っていく。

「ありがとう」

にっこり笑った兄の友達にルーシーも笑い返した。

「フィン、妹のルーシーだよ。来年は魔法学校に入学するんだ。今日は合格のお祝いバーベキューをしているんだ」

「おめでとう！　良かったね」

お祝いの言葉に嬉しそうに頷いて、ルーシーは足元で『もっと！』とねだっているウィニーに魚を取ってくる。

よたよたとルーシーの後を追いかけるウィニーを、フィンとパックは笑って見ていた。

お腹いっぱいになったフィンとパックは、ゴザの上に寝っころがる。青い空に白い雲が浮かんでいるのを、のんびりと眺めた。

「良い所だねぇ〜」

「だから夏休みに来ないかと誘ったんだ。小舟で釣《つ》りもできるよ」

パックの言葉で、他の友人達からも夏休みを一緒に過ごそうと言われたことを、フィンは思い出した。ファビアンはともかく、アンドリュー殿下の誘いは御免だなと肩を竦める。

我が儘殿下のアンドリューも、夏休み前には少し真面目になっていたが、ウィニーに会いに部屋に押し掛けられるのには困っていたのだ。

しかし、何故かフィンはアンドリューのことは憎《にく》めなかった。

四男だがお兄ちゃん体質のフィンは、たとえどれ程迷惑であろうとも、慕《した》ってくる相手に弱かった。ただし離宮で王太子夫妻と過ごすだなんて、肩がこりそうだから絶対にパスしたい。

「パックは夏休みに何をしていたの⁉　毎日、バーベキューじゃ無いだろ？」

「古典の成績を父上に叱られて、古典の勉強三昧だよ。まぁ、午前中だけで勘弁《かんべん》してもらっているけどね」

フィンも古典は苦手なので、気の毒だなぁと同情する。

「それより、フィン？　その恰好《かっこう》は……まるで旅の吟遊詩人みたいなんだけど……まさかねぇ？」

ルーベンスに竪琴の練習をさせられているのは、寮の全員が知っていたが、まさかシラス王国の守護神とも言える上級魔法使いが、吟遊詩人の真似事をするとは考えてなかった。

「まさかも何も……俺は吟遊詩人の弟子として旅をしているんだ。ああ、夏休みが終わったら、魔法学の講義なんだよ～。実技を教えて欲しいなぁ」

パックも魔法学の講義は退屈で、眠気《ねむけ》を堪えるのに難儀《なんぎ》したので、フィンの嘆きに同情した。

「なら、夏休みは思いっきり楽しまなきゃ！」

シャツを脱ぎ捨てて、二人は海に駆け込む。

『フィン！　一緒に泳ぐ！』

ぱたぱたとウィニーは海まで飛んできて、ボッチャンと海に落ちた。

『ウィニー！　大丈夫かい？』

溺《おぼ》れたのではないかと、フィンはウィニーが落ちた場所に急ぐが、海面に顔を出してスィスィ泳ぎだした。

「へぇ〜、ウィニーって泳げるんだ〜」

「いや、昨日までは泳げなかったんだ。う〜ん、あっ、なるほどねぇ。海面を滑っているんだ」

ウィニーは小舟を見て、自分を小舟に見立てて海面を滑っていたのだ。

「竜は魔力の塊だなぁ〜」と、フィンは感嘆した。

三十　秋学期は魔法学の講義三昧《ざんまい》？

ベントレー卿は是非《ぜひ》とも屋敷に宿泊してくださいとルーベンスを招いたが、ルーベンスは気儘な旅をしたいと断った。

夏休みがもうすぐ終わるので、各地から生徒達が日焼けして魔法学校に帰ってくる。

「ええっ？　フィンはまだ魔法学校に着いてないの？　ルーシーの合格祝いのバーベキューで会ったのは一ヶ月も前だよ」

夏休みが終わるのにどこを旅しているのだろうと、パック達は呑気だなぁと笑う。

「ルーベンスはどこにいるのだ！」

笑っている生徒達と違い、ヘンドリック校長は頭から湯気《ゆげ》がでそうな程怒っている。

何故なら、ウェストン騎士団のレスター団長から報告を受けたマキシム王から、絶対にルーベンスとフィンを王宮に来させるようにと、何度も呼び出しがあったからだ。

農作物の収穫が始まった頃、やっとルーベンスとフィンは魔法学校に帰ってきた。

「夏休みが終わったのもわからない程、耄碌《もうろく》されたのか！」

ヘンドリック校長は上級魔法使いに悪態《あくたい》をつく程、腹を立てている。それもそのはず、フィン達がサリヴァンに着いた時には、秋学期はとっくに始まっていたのだ。

カリン村経由で魔法学校に帰って来たのだが、ケリンの棺はルーベンスの塔に安置したままだ。

「また、あの白髪混じりの金髪の男がカリン村に来るかもしれない。もちろん、どうしてもカリン村に埋葬したいとお前が望むなら、防衛魔法をかけることもできるが……」

家族の周りをカザフ王国の魔法使いに彷徨《うろつ》かれたくないので、フィンは首を横に振った。

万が一、棺を探しにカリン村に来た場合に備えて、ネズミ捕《と》りを仕掛けて来たのだ。

「あやつの魔法の波動は覚えている。この地であやつが魔法を使えば……」

ルーベンスは上級魔法使いとして、その魔法使いがフィンの家族を人質にしたりするのを防ぐために、周到《しゅうとう》な罠を仕掛けた。

フィンは、師匠が家族のためにまた魔力を使うのを心配したが、国境線をぐるりと防衛魔法で守護するのに比べれば、何でもないと笑われた。

西の国境線から北のカリン村へは、海岸沿いの街道を途中で離れて、田舎の道を通ってシラス王国を斜めに縦断《じゅうだん》した。

その上、ルーベンスは父親の死を思い出してショックを受けたフィンを家族と過ごさせたいと思い、村に数日滞在したので、魔法学校に帰り着くのが遅くなったのだ。

フィンは塔の一階にあるケリンの棺に、好きだった花を手向けた。

薄暗いルーベンスの塔の中で、質素な棺の上の黄色い季節外れの向日葵《ひまわり》だけが明るい。

「でも、このままじゃあ……」

ルーベンスの塔に置いたままでは、父も落ち着かないだろうとフィンは悩む。

「お前が良ければ、アシュレイ魔法学校の墓地に埋葬したいと考えている。魔力の強い魔法使いの骨を利用しようとする輩《やから》から護るために、墓地には防衛魔法が張られているから安全だ」

フィンは確かに魔法学校の中の墓地なら安心だけど、良いのだろうかと躊躇《ためら》った。

「でも、お父さんは魔法使いじゃなかったし、魔法学校にも通ったことがないのに良いのですか？」

ルーベンスは、カザフ王国との諍《いさか》いの犠牲になったケリンの安寧《あんねい》の地には、アシュレイの弟子や歴代の校長などが埋葬されている場所が相応しいと断言する。

しかし、ヘンドリック校長に何と言って許可を取るかが問題だと、ルーベンスは溜め息をついた。

「やっと帰って来られたのですか」と、ヘンドリック校長が自ら訪ねて来たので、ルーベンスはフィンに寮に帰るようにと命じた。

（ヘンドリックも、伊達《だて》にアシュレイ魔法学校の校長などしていない。私がケリンの棺を魔法学校の墓地に埋葬したいと言い出せば、その理由に気づくだろう。いや、ウィニーが孵った時点で、フィンがアシュレイの子孫ではないかと疑っているだろう。後は、それを口に出さないようにさせないと……）

気儘に振る舞える自分と違い、ヘンドリック校長はマキシム王に秘密をいつまでも黙っていられないだろうと溜め息をつく。

ヘンドリック校長も生徒の前で、上級魔法使いと言い争いをしたくないので、フィンがウィニーと荷物を持って出て行くまで口を閉じて待つ。

上に花が置いてある棺に気づき、ヘンドリック校長は何を持ち込んだのかと眉をひそめたが、フィンが出がけに棺にソッと触ったので身内なのかと首を傾げる。

「長い話になるから、上で話そう」

ヘンドリック校長も言いたいことが山のようにあったので、頷いて塔の階段を登る。

「あれはフィンの父親ケリンの棺だ。魔法学校の墓地に埋葬したい」

椅子に座った途端に、先制攻撃をくらってヘンドリック校長は目を白黒させたが、長年アシュレイ魔法学校で癖《くせ》のある教授達を従えて来たので、立ち直りは早かった。

「フィンの父親は西の防衛壁の補修へ出稼ぎに行って亡くなったと聞いています。ウェストン騎士団の駐屯地から、何故ここに送られたのですか？　どうせならカリン村に埋葬した方が良いでしょうに」

上級魔法使いのルーベンスなら、サリヴァンに送るのも、カリン村に送るのも、さほど違いはあるまいとヘンドリック校長は訝《いぶか》しむ。

「ケリンの棺はルキアの街から取り返したのだ。もう、お前さんにもわかっているだろう。ケリンの棺を魔法学校の墓地に埋葬させてくれ」

高慢《こうまん》なルーベンスが頭を下げるのを慌てて制しながら、やはり、とヘンドリック校長はウィニーが桜の大木の下に眠る魔法使いの残留魔力で孵ったのだと確信した。

では、フィンは……と、言いかけた言葉を、ルーベンスのキツい視線で制される。

ヘンドリック校長は、アシュレイの子孫であるケリンの棺をルキアの街から取り返したのだとルーベンスが言った意味を考える。

「まさか！　ケリンはカザフ王国の陰謀に巻き込まれて、亡くなったのですか？」

沈鬱《ちんうつ》に頷いて、遺体を利用して防衛魔法を突破する策略が進行していたのだと簡単に告げる。

「棺の中に全ての骨が揃っているのですか？　カザフ王国に残っていたら、大変なことになります」

ヘンドリック校長は、防衛魔法をアシュレイの子孫であるケリンの遺体で無力化できるのなら大問題だ、と顔色を変えて問いただした。

ルーベンスはフィンが棺の中を確認しなくてはと青ざめた顔で言った時を思い出して、顔をしかめる。

フィンには元気だった父親の姿を覚えていて欲しいので、ルーベンス一人で確認したのだ。

「それは確認済みだ……ケリンの棺を魔法学校の墓地に埋葬させてくれ」

とにかく魔法学校の墓地に埋葬したいと繰り返す。

ヘンドリック校長は防衛魔法をどのように無力化するのか詳しく聞きたいが、ルーベンスが話したくないと思っているので無駄だと諦める。

「ケリンの遺骨をカザフ王国に渡すわけにはいきません。魔法学校の墓地に埋葬します。しかし、他の祖先の遺骨は……」

余計な口出しは無用だと言わんばかりに睨みつけられて、ヘンドリック校長は口を閉ざす。カリン村で墓地を念入りに探索して、残留魔法を帯《お》びた遺骨が無いのを確認済みなのだろうと察した。

「あっ！　でも桜の大木は……」

ルーベンスの青い目が癇癪《かんしゃく》で険《けわ》しくなってきたので、ヘンドリック校長は手配済みなのだと理解する。

二人で秘密裏《ひみつり》にケリンの棺を埋葬する方法を話し合い、深呼吸してヘンドリック校長はマキシム王からの招聘《しょうへい》と、フィンを長期間連れ回した苦言をぶつける。

「マキシム王にはいずれフィンを会わせる。それと、秋学期は真面目に魔法学の講義をするつもりだ。そうだ！　ヤンに簡単な魔法学の本を借りに行かなくては……」

マキシム王にいつフィンを紹介するのですか！　と後ろをついてくるヘンドリック校長に、埋葬の時の司祭を頼むと言い捨てて、ルーベンスはヤン教授の部屋に向かった。

ヘンドリック校長はアシュレイの子孫であるフィンを真面目に指導する気になったルーベンスの機嫌を損ねないように、それ以上の追及《ついきゅう》は止めて埋葬の手配を済ませる。

その夜、簡単な埋葬の祈りをあげて、魔法学校の墓地にケリンの棺は納められた。

フィンは少し涙を流したが、墓地に張り巡らされた防衛魔法を見て、ここならあの魔法使いによって眠りを邪魔されないと安堵する。

フィンの二年生の秋学期は、ルーベンスの宣言通り、魔法学の座学《ざがく》で終わった。

「師匠、魔法学って凄く退屈なんですね〜」

これなら竪琴の稽古の方がマシだと、師弟共々、退屈な魔法学の教科書にうんざりしながら秋を過ごした。

三十一　ルーベンスの弟子！

今年の冬至祭を、フィンはルーベンスと静かに過ごすことにした。

父は五年も前に他界《たかい》したのだが、埋葬したばかりなので喪中の気分だったのと、レオナール家の晩餐会は肩がこるので遠慮したかったのだ。

魔法学の講義三昧だった秋学期が終わり、カインズ自治会長が卒業を迎えるのでマークス新自治会長と交代したし、その追い出し会を兼《か》ねた初雪祭で、フィンは竜三部作を披露《ひろう》した。

同級生のリュミエールは下手な竪琴を我慢した甲斐《かい》があったと、フィンの手を握って喜んだ。

もちろん、講堂に集まった生徒達や教授達も、フィンの魔唄を堪能《たんのう》して拍手喝采《かっさい》が止まなくて、次の演目《えんもく》がなかなか始められないほどだった。

この秋学期はウィニーが成長して、犬ぐらいの大きさになった以外は、目に見えた変化は無いように思えたが、フィンは子供時代を卒業した。

冬至祭を家族と過ごす生徒は各地に散り、少数の生徒だけが寮に残っている。その生徒達も、サリヴァンに屋敷がある友人や親戚《しんせき》の家で冬至祭を過ごす。

いつもより静かな魔法学校で、フィンは師匠とご馳走を食べた後、ウィニーと暖炉の前で寛《くつろ》ぐ。ウィニーと競争するように冬至祭の伝統の肉料理を食べたフィンが大きくならないのを、ルーベンスは実は気に病んでいた。

「あれほど食べるのに、何故、背が伸びないのだ？　まさか、私に内緒で魔法の技の練習をしているのではないのか？」

順調に大きくなっているウィニーと、入学してから背があまり伸びてないフィンを見比べて、溜め息をつく。

「秋学期は魔法学の講義ばかりだったじゃないですか。他の生徒より、俺の方が魔法の技を使っていませんよ。ラルフとパックは、色々と魔法の技を習っているのに、あんなに背が伸びています」

学年でチビ三人組だったラルフとパックは、夏休みから秋にかけてニョキニョキと背が伸び、特にパックはひょろりとした背の高い少年になった。

フィンは、三年生になるのに新入生よりチビだと嫌だなぁと溜め息をつく。

ルーベンスも秋に見たハンスは農作業に耐えるがっしりとした体格だったのにと、弟子の身体的な成長が自分の指導で阻害《そがい》されていないかと悩む。

「魔唄も当分は禁止じゃ。ウィニーと話すのに魔力を使っているからかなぁ？」

お腹いっぱいになって、暖炉の前でウトウトしていたウィニーは、くるるっぴと目を開けて抗議する。

『フィンの側にいる！』

ルーベンスはウィニーには弱いが、フィンに成長期が来ないのが心配でたまらない。フィンも、もうすぐ十三歳なのに……と一生チビなのかなと不安を感じている。

カリン村では十三歳になれば、一人前に扱われ奉公に出たりするのだ。一学年下の生徒よりチビなのがフィンのコンプレックスだ。

「ねぇ、師匠！　背が伸びる魔法の技とか無いのかな？」

「お前という奴は！　何を学んだのだ！」

フィンは秋学期に学んだ魔法学には無いから師匠に尋ねたのに、と愚痴る。

「魔法は自然界の力を受け入れて、それを目的に応じて使うこと。風、火、土、水の魔法体系に分けられ、その魔法体系には防衛魔法と攻撃魔法と関連魔法がある。それぞれの魔法体系には相性があり、風と火、土と水は、合同で使用すると効力を増す。風と土、火と水は、相性が悪く、合同で使ってはならない」

魔法学の教科書の序文を暗記させられたフィンと、教えるルーベンスの両方が魔法学の講義にうんざりしている。

「初級の魔法学は終了だが、まだまだ魔法学は奥が深いぞ。お前は何も目的が無いから、魔法学を学ぶのが退屈なのだ。そうだ！　国境の防衛魔法の張り方を研究してみたらどうだ？」

ルーベンスもフィンに魔法学を教えながら、アシュレイの弟子達の著書を読み返し、膨大な書簡を読みあさったが、まだどうやって防衛魔法を張ったのか解明できていない。

「師匠が無理なのに、俺ができるわけないよ〜」

「いや、お前が岩を積んだ箇所《かしょ》は、防衛魔法が強化されていた。あの体力を使うやり方では、国境を全部やるのは無理だろうから、何か方法があるはずなのだ。まさか、アシュレイがあの石垣を積んだわけではあるまい」

二人で腕を組んで考え込む。

「あの石垣は三百年前の戦争の後に作られたのですよね？　アシュレイが自分で積まなくても、国境を守備している兵隊達にやらせたのでは？　その上に防衛魔法を掛けたんじゃあないかな？」

ルーベンスは戦争直後なら、国境線には大勢の兵隊が配備されていたから、人海戦術であの程度の石垣なら簡単に作れただろうと頷いた。

「しかし……今や、その防衛魔法に綻びが出来ている。ミンス周辺のものは塞いだが……」

あの魔法使いが出入りして広げた綻びは塞いだが、全体的に防衛魔法は弱くなっているのだ。

「そりゃ、三百年も経てば防衛魔法もへたってきますよ。師匠はあの防衛魔法をずっと維持しているんですよね？　あのう……疲れませんか？」

何故か「へたった」という言葉がツボに嵌《は》まってルーベンスは爆笑したが、チビ助の弟子に防衛魔法の肩代わりはさせられない、と思い否定する。

（へたった……そうかもしれんなぁ。いくらアシュレイが偉大でも、サリヴァンを去って三百年近くなるのだからなぁ。そろそろ防衛魔法もへたるだろう）

消滅ではなく、へたっていくというのが、綻びがあちこちにできている防衛魔法の現状に相応しく思えた。

「お前も、弟子見習いは卒業だな」

自分では気づかなかった点を指摘されて、ルーベンスは褒めてやる。

「ええっ！　やっと師匠の弟子になれるのですか？　やったぁ！」

フィンの声でうとうとしていたウィニーは目を覚まして、金色の目をクルクル回した。

『フィン？　何を喜んでいるの？』

フィンはウィニーを抱き上げて、師匠の弟子になったんだと教えたが、よく理解できないようだった。

『前から、弟子ではなかったの？』

ルーベンスはウィニーの方が真実を見極めていると笑ったが、ふと真顔に戻った。

「そろそろマキシム王に会いに行かなくてはいけないだろうな……」

秋学期の間にも、ヘンドリック校長の元にはマキシム王からの呼び出しの命令書が何通も来ていたが、ルーベンスは無視していたのだ。

上級魔法使いだけが許される傲慢な態度だが、弟子のフィンを護るためでもあった。

しかし上級魔法使いとして、フィンを国王に会わせなくてはいけないと決断したのだ。

（もう少し背が高くなってくれていたら良かったのに……）

もうすぐ十三歳になるフィンだが、十歳ぐらいにしか見えないので侮《あなど》られるのではないか、とルーベンスは溜め息をついた。

三十二　マキシム王

王宮でも、冬至祭の晩餐会は開かれた。贅沢を嫌うマキシム王だが、冬至祭には王族を集めて晩餐会をするのが慣例になっている。

冬至祭は家族で過ごすため、貴族達もそれぞれの屋敷で晩餐会を開くので招待しない。

王族だけで楽そうに思えるが、魔法使いやその血筋の者が多いので皆長生きだ。

口うるさい叔父、叔母達が来たので、マキシム王は接待に疲れていた。

幸いなことに年寄りは夜に弱く、晩餐会でお腹がいっぱいになると早々に王宮を辞《じ》した。

招待した王族が帰った後は家族だけで寛《くつろ》ぐ。マキシム王夫妻、キャリガン王太子夫妻、それとパーシー公爵夫妻だ。

キャリガン王太子の妹であるビクトリア王女（現パーシー公爵夫人）が嫁いだパーシー公爵は、優秀《ゆうしゅう》な外交官として知られている。

アンドリューは大人達の邪魔をしないように、幼い従兄弟のサイモンとミュリエルに暖炉の前で絵本を読んでやっていた。

「アンドリューはアシュレイ魔法学校に入学して、落ち着いてきたな」

跡《あと》を継ぐ孫に目を細めるマキシム王だったが、魔法学校と口にしたことでルーベンスを思い出してしまう。

キャリガン王太子は、表情でマキシム王が何を考えているのか察したが、家族が集まった場なので口には出さなかった。

アン王妃とパーシー公爵夫人は、絵本を読んでいるアンドリューの、魔法学校での様子をグレイス王太子妃に質問する。

「アンドリュー殿下が寮の生活に耐えられるとは考えておりませんでした。でも、良い結果になって喜んでいますのよ」

アン王妃の言葉で、我が儘に育ったのを心配されたのだとグレイス王太子妃は察したが、冬至祭なので下手に謝って暗い雰囲気にするのを止めて、明るい話題を提供する。

「アンドリューはマイヤー夫人に躾け直していただきましたの」

「マイヤー夫人！」

そこにいる全員から、懐かしさと、今でも少し苦手だというニュアンスの声が上がる。

キャリガン王太子は、機転が利く上に明るくて優しい雰囲気を振りまくグレイス王太子妃に満足して微笑んだ。

それぞれがマイヤー夫人に天罰を与えられた思い出を話して、王宮の冬至祭の夜は更けた。

孫のアンドリューから、ルーベンスの弟子見習いのフィンが初雪祭で魔唄を披露したと聞いたマキシム王は、是非とも会ってみたいと思う。

またルーベンスに無視されるだろうとは思ったが、王宮に来るようにと命令書を出した。

ヘンドリック校長も無駄足だとは思ったが、冬休みで人気《ひとけ》の少ない庭園を散歩がてら歩いてルーベンスの塔まで届けた。

ルーベンスは扉の下から滑り込まされた命令書を読んで、潮時《しおどき》かなぁと呟いた。

フィンは冬休み中も図書室で、魔法学や他の科目の勉強に励んでいたが、ファビアンはともかく何故アンドリューやユリアンも同じテーブルにいるのか困惑している。

「王宮には立派な図書室があるだろう」

ファビアンにチクチク嫌味を言われても、アンドリューは全く意に介《かい》さないが、お供のユリアンは冬休みなのにと溜め息しか出ない。

フィンは全てを無視して、勉強に集中しようとしたが、魔法学の教科書は退屈極まりない。

「ねぇ、ファビアン？　魔法学の授業で学問的な勉強もしたんだよね？」

ファビアンは上級生として、どれどれと教科書を覗き込む。

「フィン？　こんなの私も勉強していないよ。教授になるなら必要だろうけど、ルーベンス様に勉強するように言われたのか？」

フィンもやはり難解すぎると思っていたと、教科書を机の上に投げ出した。

「フィンは上級魔法使いになるのだから、普通の魔法使いとは違うのだよ」

アンドリューの言葉にカチンときたファビアンが言い返そうとした時に、ルーベンスが図書室に現れた。

アンドリューとユリアンはルーベンスに会ったことが無かったが、フィンはもちろんファビアンも、ルーベンスが塔から出て学校内を彷徨《うろつ》いている姿をあまり見たことが無いので驚いた。

「師匠？　何か用事ですか？」

フィンに一言、ついて来い！　と言うとルーベンスは足早に立ち去った。

アンドリューとユリアンは、残ったファビアンと勉強するのは遠慮したいと寮に帰る。

「ルーベンス様って何歳なのだろうなぁ？」

アンドリューの質問にユリアンはさぁと肩を竦める。

「なぁ、何故、フィンは傲慢なファビアンと勉強しているのだろう？　領主の息子だから断れないのかな？」

冬休みなのに、親に言われてアンドリュー殿下の面倒を見ているユリアンは、そんなのは知らないし、興味も無いと言い切った。

「それより、折角の冬休みなのだから、女の子でも誘ってスケートに行こうよ！」

優等生のユリアンだって冬休みぐらい楽しみたいとアンドリューを誘うが、フィンが寮で洗濯したての白いチュニックに着替えて、バスケットを抱えて出ていくのを見ると後をつけだした。

「アンドリュー、何しているんだよ」

シーッとユリアンの口を手で押さえて黙らせると、フィンがウィニーを連れて王宮へ行くんだ！　と耳元で囁《ささや》く。

「ウィニーを王様にお渡しするのかな？」

貴重な竜だから献上《けんじょう》することになったのかと、貴族らしくユリアンは心配する。

「馬鹿な！　お祖父様はそんなことはなさらないよ。でも、他の馬鹿な貴族達が……」

二人はウィニーとフィンの結びつきの深さを知っていたので、そんなことは許されないと、こっそりと後をつける。


アシュレイ魔法学校は王宮を取り囲む壁の中にあるが、生徒が王宮に勝手に入り込まないように境には鉄柵《てっさく》が設けてあり、扉には護衛が立っている。

アンドリューは週末に母に会いに帰る時、この扉を通って王宮へ行くのだ。

上級魔法使いのルーベンスは、扉もフリーパスだ。フィンは初めてなので、王宮へと続く小径《こみち》をきょろきょろしながらついて行く。

冬なので花は咲いていないが、バラの根元には藁《わら》が敷き詰めてあり、手入れが行き届いた庭園の中を煉瓦《れんが》の小径を歩いていくと、王宮が木々の間から見えてきた。

「師匠、俺なんかが王宮に行っても良いのかな？」

アシュレイ魔法学校も立派な建物だが、流石に王宮は規模《きぼ》も荘厳《そうごん》さも違う。

農民出身のフィンは自分には縁の無い世界だと思っていた王宮を目にして、ウィニーを入れたバスケットを抱えて立ち止まる。

「こら、ちゃんとついて来い！」

ルーベンスはやはり少し早かったかなと、フィンの様子に溜め息をつきながら、王宮の中にある上級魔法使いの部屋に向かった。

本来、上級魔法使いは王宮で働くものなのだが、先々代の王から仕えているルーベンスには誰も意見できない。

「へぇ～、立派な部屋ですねぇ」

ルーベンスの塔とは大違いで、明るい漆喰《しっくい》壁と大きな机、書棚には魔法書だけでなく、色々な書物もきちんと分類されて並べてある。

「この部屋はトラビス師匠の部屋だ。私はそれを引き継いだだけだ」

フィンは応接コーナーの長椅子に楽譜と毛布が積んであるのを見つけて、ここだけを師匠が使っているのだろうと苦笑した。

王宮の召使いが定期的に掃除をしているから、埃ひとつ落ちてないが、ルーベンスが全く使用してないので暖炉には火が入ってない。

「呼び出したくせに、気がきかぬ」

フィンはバスケットを床に置くと、暖炉の薪に火をつける。

「ウィニーは寝ているのか？」

ルーベンスはフィンと共にウィニーを紹介することで、フィンの負担を減らそうと考えていたのだ。

「お昼寝中ですが、起こしましょうか？　それより、何故、王宮に来たのですか？」

ルーベンスがお前を王様に紹介しようと思ったからだと説明しようとした時に、マキシム王が部屋に入ってきた。

「ルーベンス、久しぶりだなぁ。元気そうで安堵したぞ」

初老《しょろう》の落ち着いた雰囲気のマキシム王だが、笑いながらも目つきは厳しい。

ルーベンスはフィンにこれから説明しようと思っていたのにと、チェッと舌打ちしたい気分だったが、礼儀正しくお辞儀《じぎ》をした。

フィンはこの方が王様なのだと緊張して、師匠に促されてカチンコチンになって頭を下げる。

「これが私の弟子のフィンです」

マキシム王はフィンにやっと会えたと苦笑した。

三十三　マキシム王とフィンとウィニー

カチコチに緊張して、頭を下げたまま固まってしまったフィンに、マキシム王は椅子に座って話そうと促す。

ルーベンスもフィンがここまで緊張するとは思わなかったので、面会させたのを後悔する。

「ほら、フィン、そこに座りなさい」

暖炉の前から応接コーナーまでフィンの手を引いて、ルーベンスが肩を押さえて椅子に座らせる様子を、マキシム王はじっくりと観察している。

（なるほど、キャリガンが言っていた通り、どこにでも居そうな農民の男の子に見える。しかし、ルーベンスが弟子にしたのだから、上級魔法使いになる素質があるのだ。それに、この傲慢なルーベンスが世話を焼くだなんて、明日は大雪にならなければよいが……）

先々代の王から仕えているルーベンスが、他人に親切にしている姿など見たことが無いマキシム王は、手取り足取りフィンの面倒を見ているルーベンスの姿に驚いて、噴き出さないように腹筋に力を入れて我慢していた。

呼吸するのも忘れているフィンに、ルーベンスは背中をバシンと叩いて、しゃんとせんか！　と活《かつ》を入れる。

ハッと我に返ったフィンは、今度は真っ赤になって立ち上がると、マキシム王にぺこぺこ頭を下げた。

「王様、魔法学校に入学させていただき、ありがとうございます。それに、税金を免除してもらって……ウィニー！　ちょっと待ってよ！」

フィンの動揺《どうよう》で目覚めたウィニーが飛び上がり、マキシム王を威嚇《いかく》するように羽をばたさせる。

「王様に失礼だよ！」

フィンはウィニーを抱きしめて、めっ！　と叱りつけた。

「済みません、いつもは大人しいのですが、俺が動揺しちゃったから……」

ルーベンスは、ウィニーのお陰でフィンの緊張が解けたようだとホッとする。

「その竜がウィニーなのだな。アンドリューが夢中になるのも理解できる。さぁ、お礼など良いから、座りなさい」

やっと落ち着いて座ったフィンの膝の上で、金色の瞳をこちらに向けているウィニーに、マキシム王も魅了されてしまった。

「フィン、王様にウィニーをお渡ししろ」

ルーベンスは抱かせてやれ、という意味で言ったのだし、フィンもその通りに受け取って、ウィニーをマキシム王の膝に置こうとした。

「お祖父様、駄目です！　ウィニーはフィンの側に置いておかなきゃ！」

扉の外で盗《ぬす》み聞きしていたアンドリューは「お渡ししろ」の意味を勘違いして乱入して来た。

「アンドリュー、行儀が悪いぞ！」

盗み聞きをマキシム王に叱られたが、ウィニーの件は譲れないと真剣な顔で見返す。

『アンドリュー、遊ぼう』

ウィニーはよく遊んでくれるアンドリューが来たので、喜んでぱたぱたと飛んでいく。

アンドリューはウィニーを抱き止めると、マキシム王とルーベンスが呆れた目で見ているのに気づいて、勘違いしたのだと悟った。

『ウィニー、後で遊んであげるよ。私のお祖父様を紹介しよう』

アンドリューは盗み聞きしていた非礼《ひれい》を詫びながら、ウィニーをマキシム王の膝に置いた。

『ウィニーは話せるのだなぁ。私がマキシムだ、よろしくな』

もう外に出ていなさいとマキシム王はアンドリューを追い払おうとしたが、ルーベンスは同じ年頃の生徒が一緒の方がフィンは緊張しないだろうと引き止める。

「そこにいる生徒も入って来なさい。盗み聞きは良くないが、何を勘違いしたのかウィニーを王様に献上すると心配したのだろう。ウィニーは卵を孵したフィンと精神的に結びついているから、離すのは無理だ」

アンドリューはお祖父様の前でなければ、他の竜の卵は？　とルーベンスに問いたいと熱意の籠もった瞳を向けた。

マキシム王はフィンに色々と質問してみたかったが、フィンがあまりにも緊張していたので次回に回すことにした。

（まずは王宮に慣れさせるところから始めないといけないな）

ルーベンスみたいな命令書を無視する上級魔法使いにならないように、フィンを教育していこうとマキシム王は考える。

ユリアンはフィンとマキシム王の初顔合わせなのに、邪魔して良いのかと戸惑ったが、アンドリューがウィニーと遊んでやってボールをキャッチするのを見せたりと、和《なご》やかな雰囲気になった。

フィンとアンドリューとユリアンが暖炉の前でウィニーと遊んでいるのを眺めながら、マキシム王はルーベンスにフィンが上級魔法使いとして国を支えていけるのかと尋ねる。

「まだ、フィンは心身共に幼い。しかし……上級魔法使いとしてやっていけるように、教育するつもりだ。王宮には当分は来させないが、心配しなくて良い」

マキシム王はフィンを庇うルーベンスの気持ちは理解したが、そうも言っていられないだろうと抗議する。

「しかし、フィンは王宮に慣れる必要がある。あのように緊張していては、上級魔法使いとして会議に出席した時に、自分の意見が言えないのではないか？」

そう言いつつ、ルーベンスが最後に会議に出席したのはいつだろうと、マキシム王は思い出して、フィンには真面目に務めて欲しいと考える。

「ここに上級魔法使いの部屋があるのだから、貴方もここでフィンを指導したら良いと思うが……」

ギロリと青い瞳に睨みつけられたが、マキシム王は日頃からの鬱憤《うっぷん》をぶつけた。

フィン達は二人の雰囲気が悪化していくのを察知して、布で作ったボールを投げてキャッチさせる遊びに熱中しているふりをする。

（ひぇ〜、師匠ったら王様に逆らってるの？　牢屋《ろうや》とか入れられないのかな？）

フィンは心配でハラハラしていたが、アンドリューは前からルーベンスとお祖父様があんな風だと噂で知っていたので、気にしないように小声で教えた。

「それより『竜の卵』で、アシュレイは弟子達に卵を渡していたよね。ということはウィニー以外の竜の卵もあるのだよねぇ」

初雪祭で『竜の卵』の魔唄を聞いた時から、いや、ウィニーの卵をポケットに入れて持ち出した時から、アンドリューは竜が欲しくて堪らなかった。

でも、上級魔法使いしか竜の卵は孵せないのだと、諦めようとしていたのだ。

「ねぇ、どうやって魔力を注いでウィニーを孵したの？　フィンがウィニーを孵したから、精神的に結びついたのだよね」

いつもは我慢しているのだが、王宮は自分のホームなので、アンドリューは強気になって矢継ぎ早に問いかける。

桜の木の下に眠るアシュレイの件は秘密なので、フィンは口ごもってしまった。

「フィン、帰るぞ！」

どうやらマキシム王との話し合いは平行線をたどったみたいで、ルーベンスはこれ以上の長居《ながい》は無用と席を立つ。

フィンもあたふたとウィニーをバスケットに入れると、後を追いかけた。

マキシム王とアンドリューは、お互いに焦り過ぎて絶好の機会を逃がしてしまったと溜め息をつく。

ユリアンは冬休みなのに……と、トホホな気持ちになった。

三十四　他の卵は？

ルーベンスとフィンは王宮から学校に帰ると、塔で話し合った。師匠として初心者のルーベンスも、不安そうなフィンをこのままにしておけないと思ったからだ。

「師匠……将来、俺は王宮に勤《つと》めるのですか？」

ウィニーと暖炉の側で遊びながら、フィンは後ろにいるマキシム王とルーベンスの言い争いを聞いていた。

フィンはやっと師匠に弟子と認められたのは嬉しかったが、上級魔法使いになったら防衛魔法を維持するだけが仕事ではないと気づいた。

「私は王宮になど滅多に行かない。お前も行きたくないなら、そうすれば良いのだ。トラビス師匠にシラス王国を護ると誓ったが、王宮で馬鹿な貴族どもと一緒にいるとは言ってないからな」

マキシム王とヘンドリック校長が聞いたら激怒《げきど》しそうな言葉で、フィンの不安を宥める。

フィンは、傲慢な師匠なら今日会った貫禄《かんろく》あるマキシム王の命令でも無視できるのだろうと溜め息をつく。

「そんなの俺には無理だよ……でも、王宮は俺には向かないと思う」

王宮の荘厳さや王様の威厳《いげん》に圧倒されたフィンは、自信を喪失《そうしつ》していた。

(やはりフィンには王宮は時期尚早《じきしょうそう》だったかもな……)

しかし、いずれはマキシム王やキャリガン王太子、そして年齢からいってアンドリュー殿下と協力してシラス王国を護っていくのだと、ルーベンスは自分の非協力的な態度は棚に上げて考える。

「お前はあの建物に臆《おく》しているのか？　それとも、年配のマキシム王の貫禄に気圧《けお》されたのか？」

今日は貴族どもとは顔を合わせて無いのだから、まだマシな方だというのにと、ルーベンスは理由を見つけて解決しようと考える。

「どうだろう？　王宮になんて俺には縁の無い場所だと思っていたし。王様に会うなんて、一生無いと思っていたから……」

「ふうむ。なら、王宮は何回か行けば慣れるだろう。後は、王様だが、王様も人間なのだから、恐れる必要はない。それにマキシム王は口うるさいが、まぁ温厚な方だから、お前を取って食いはしない。だから、心配しなくても良いぞ」

フィンはその温厚な王様と師匠が結構激しく言い争っていたのを思い出し、冷や汗がタラリと背中に流れる。

「師匠は王様が怖くないの？　逆らったりしたら、牢屋に入れられたりしないの？」

ルーベンスは上級魔法使いをどのような牢屋に閉じ込めておけるのかと笑う。

「フィン、お前はいずれ上級魔法使いとして、アシュレイの防衛魔法を維持していかなければならない。それだけでも十分国に尽くしているのだから、馬鹿な貴族どもに偉そうにされることは無いのだ。私が王宮に行かないことをマキシム王は怒っておられるが、馬鹿な貴族どもを見ていたら、トラビス師匠との約束を破りたくなる衝動《しょうどう》にかられるからだ」

フィンは、今日は王様としか会わなかったが、きっと自分も師匠が嫌うような貴族は我慢できないだろうと思った。

「ねぇ、師匠？　俺はあまり貴族の知り合いはいないけど、レオナール卿や、ウェストン騎士団のレスター団長とかは恐ろしいけど立派な方だと思うんだ。なのに……どうして、あんな感じの貴族もいるのかな？」

名指しはしなかったが、アレックスや、その取り巻きの友達の貴族達は、フィンには理解できない考え方をしている。師匠と旅をしていても、威張《いば》りくさった態度の貴族を見かけることが何度かあったのだ。

もちろん、そんな貴族ばかりで無いのは、気さくなパックの父親などを見てわかっていたが、フィンには尊敬できない人が多いのも事実だった。

「あの戦争から三百年、シラス王国は本土での戦闘を経験していない。海上や国境線での小競り合いは何度もあったが、見せかけの平和がいつまでも続くと思い込んでいる馬鹿者がいるのだ。本来、貴族は国を護るためにあるのに……」

フィンは海岸線には防衛魔法が無いのに気づいていたので、カザフ王国やサリン王国が海上から攻めて来たらと身震いする。

パックの家があるベントレーも西の国境近くで海に面しているので、大丈夫なのかと師匠に尋ねた。

「あの一族は火の魔法体系を得意としている。まぁ、だからあの領地を治めているのだろうが、帆船《はんせん》は火に弱いからなぁ」

　フィンはサリヴァンの港で見た帆船を思い出し、火がついたらすぐに炎上してしまうだろうと考えた。

「戦争なんて嫌だなぁ。何故、他国を攻めたりするんだろう」

　ルーベンスは人間の欲には限りが無いと肩を竦める。暗い雰囲気になって、ウィニーは心配そうにフィンの膝に乗って顔を覗き込む。

『フィン？　大丈夫？』

　ウィニーをギュッと抱きしめて、慰めてくれるんだねと微笑んだ。

「あっ！　師匠、『竜の卵』でアシュレイは弟子達に一つずつ卵を渡していましたね。ウィニーはトラビス師匠がもらった竜の卵から孵ったんだよね。他の竜の卵はどこにあるの？　その卵も桜の妖精で孵るかな？」

　ウィニーも目をぐるぐる回して興奮を表す。

「う〜む、他の竜の卵は、トラビス師匠が兄弟子から託され、今は私が保管している。しかし、急に何故そんなことを言い出したのだ？」

　フィンはアンドリューに質問されたと言うのを躊躇《ためら》った。

「ええっと、ウェストン騎士団の鷹匠のバースさんから、春にはこちらに来られそうだと手紙が来たから……ウィニーの世話だけだと気の毒な気がして……」

　ルーベンスはしどろもどろのフィンの弁解《べんかい》に、もう少しマシな嘘をつく練習をしろ！

と怒鳴りつけたくなった。

「竜が孵した相手と精神的に結びつくようだから、竜の卵を渡す相手は慎重に選ばないとなぁ」

フィンも桜の大木の秘密を教えても良いと思えるほど信頼できる相手じゃないと、竜の卵を渡せないと頷く。

「この竜の卵はアシュレイからお前へのプレゼントかも知れないな。上級魔法使いとして国を護っていくのは、孤独でつらい面もある。他の竜の卵を託せる相手は、お前を支えてくれるだろう」

フィンは師匠の言葉に驚く。

「えっ！　俺が竜の卵を渡す相手を選ぶみたいに聞こえたけど、違いますよねぇ」

ルーベンスは、アシュレイの子孫だとバレても良い相手を選ぶのだぞ、とフィンをトラビス師匠の部屋に連れて行った。

三十五　ファビアンとフィン

書斎にしているルーベンスの塔の四階から上には、フィンは登ったことがなかった。

上の階のルーベンスの寝室は酷いありさまだったが、その上のトラビス師匠が使っていた部屋はキチンと片付いていた。

書棚には分類された書物が並べられていて、そこに四個の竜の卵も置いてあった。卵は全て灰色だったが、それぞれ青、赤、緑、水色がかっている。

「ねぇ、師匠？　この青灰色のはウィニーの卵に似ているね」

フィンはソッと青灰色の卵に触る。ウィニーはフィンの肩に止まったまま、興味深くクルルルと鳴く。

「多分、その卵から孵る竜は風の魔法体系に属しているだろう。他のは火、土、水だと思うが……」

ウィニーしか孵って無いのだから絶対ではないが、フィンもそうだろうと頷く。

「トラビス師匠は風の魔法体系だったの？　だから、アシュレイは風の竜の卵を渡したの？」

トラビス師匠は水の魔法体系だったと、ルーベンスは首を横に振った。

「いや、私もトラビス師匠の兄弟子達の書簡を調べたが、適当に渡したみたいだな。風の竜の卵が二つあったので、残ったのを最後の弟子に与えたのだろう」

フィンは土の魔法体系が得意だけど、相性の悪いとされる風の魔法体系のウィニーでも問題ないと、肩に乗っているチビ竜を愛しそうに撫でる。

「師匠？　却って自分の魔法体系で無い竜の方が、協力できたりするのかな？」

「さぁな、それもお前が考えたら良い。それと、三年生になったら魔法学の講義と共に政治学を学ばないと駄目だな」

フィンはまた面白く無さそうな座学だと、溜め息をついた。

『竜の卵だ！』

フィンの肩でジッと竜の卵を見つめていたウィニーは、書棚に飛び移って卵の間を歩き回る。

『こら、落としてしまうかもしれない』

フィンはウィニーを抱き上げると、一人ぼっちは寂しいだろうなと思う。

「そんなに急がなくても良いぞ。ゆっくりと竜の卵を渡す相手を選びなさい」

師匠の言葉に頷いたが、フィンは寮に帰っても、誰に竜の卵を渡したら良いのか考えていた。ベッドに寝っころがって、自分の祖先がアシュレイだと知っても大丈夫だと信頼できる相手を思い浮かべる。

（ファビアン……そういえば、ファビアンはアシュレイの娘の子孫なんだよね！）

以前ファビアンが、レティシィアの件を黙っていたのを謝った時のように、フィンもアシュレイの件を秘密にしているのに罪悪感を持った。

冬休みなので寮には生徒は少なく、アンドリューやユリアンも各自の家族と夜は過ごしている。

ファビアンも昼間は図書室で勉強しているが、寮にはいないようだと、食堂を見渡してガッカリする。

フィンは王宮に行ったことや、上級魔法使いとはどのようなものなのか、ファビアンに相談したかったし、アシュレイの件を言わなくてはと思っていた。

（できたら、冬休みの間に話したいな。でも、図書室はアンドリューが邪魔をしに来るかもしれない。屋敷に訪ねて行こうかな……）

ルーベンスは相変わらず昼過ぎまで寝ているし、フィンは朝一番にレオナール家に行くことにする。

朝食を手早く取って、ウィニーに餌をやると、フィンはレオナール家に向かった。

外套の代わりの白いチュニックは、入学した時にマイヤー夫人が少し大きめを選んでくれたのが、ピチピチになっている。

他の生徒ほどは背が伸びてないが、自分も少しは大きくなっているのかな？　ともフィンは思うが、チュニックが縮《ちぢ》んだのかもと落胆する。

フィンはファビアンに、レティシィアがアシュレイの娘だということをどのように伝えようかと悩んで、白いチュニックのことなどで現実逃避《とうひ》しているのだと苦笑した。

ライオンの飾りがついた門がある屋敷の角を曲がると、レオナール家の屋敷だ。

フィンは屋敷の前で立ち止まり、ファビアンに自分がアシュレイの子孫だなんて言ったら、誇大妄想家《こだいもうそうか》のように思われるかなと躊躇《ためら》う。

「ええい、こんな風にぐずぐずしていても仕方ないよ」

通い慣れた屋敷なので、重厚《じゅうこう》なドアノッカーを思い切ってコンコンと二回打ち付ける。

「ファビアン様に会いたいのです」

出てきた執事《しつじ》はフィンを玄関ホールに入れて、ファビアン様に聞いてくると言って去る。

フィンは足元の黒と白の市松模様《いちまつもよう》の大理石を眺めて、初めてこの屋敷に来た時を思い出した。

「白い大理石を汚しそうで、黒の大理石ばかり踏んで歩いたんだっけ」

同じように黒の大理石だけを踏んで歩いていたら、ファビアンが青いマント姿で降りてきた。

「おはよう、フィン？　何をしているのだ？」

もう少し背が高ければ、黒の大理石だけを踏んで歩いても、ぴょんぴょん跳ばなくても良いかな？　なんて馬鹿なことを考えていたフィンは、少し頬を赤らめる。

「ファビアン様、おはようございます。少し話したいことがあって……」

ファビアンはフィンが屋敷では様付けなことに顔をしかめた。

「ちょうど、学校に行こうと思っていたのだ。話なら図書室でしよう」

「あのう、相談したいこともあるので、図書室だと邪魔が入るから困るのです」

ファビアンは、用事がないと屋敷に来ないフィンがわざわざ訪ねて来たのだから、重要な話だろうとは思ったが、様付けされての話し合いはしたくなかった。

「なら、私の部屋で話そう。応接室などで話したら、様付けしそうだからな」

変な所にこだわるんだなぁと、フィンは首を傾げながらファビアンの後をついていく。

「それで、何の相談なのだ?」

フィンはファビアンの部屋にベッドが無いのが気になって、きょろきょろ見回す。

「ファビアン様、いや、ファビアンは長椅子で寝ているの?」

様付けして睨まれて、慌てて言い換える。

「馬鹿な、ベッドは続き部屋にあるよ。そんなことより、昨日は王宮に行ったのだろ? マキシム王と何か話したのか?」

フィンは自分が王宮に行ったのを何故知っているのかと驚いた。

「王宮には、上級魔法使いの部屋があるんだ。師匠は王宮には滅多に行かないみたいだけと……ねぇ? 上級魔法使いって、本当は王宮に勤めるの? 師匠はあいう方だから、マキシム王の命令も無視しているみたいだけど、俺はちょっと無理だし……」

ファビアンもルーベンスしか上級魔法使いを知らないので、本当はどうするべきかと尋ねられても答えられない。

「上級魔法使いの部屋が王宮にあるということは、ルーベンス様の前の上級魔法使いは王宮に勤めていたのだろう。でも、ルーベンス様は王宮には滅多に行かないんだろ？　それで許されているなら、良いのではないか？」

「なんだか王様は師匠に怒っていたような……何回も王宮へ来るよう命令したのに無視したとか……俺も王宮は向いてないと思うけど、師匠みたいに無視はできないと思うんだ」

ファビアンは自分にすら屋敷では様付けするフィンが、王宮や王様に萎縮《いしゅく》したのだろうと溜め息をつく。

「フィン、上級魔法使いは確かに王宮に勤めるのかもしれない。それにマキシム王はルーベンス様に王宮にいて欲しいと望んでおられるのだろう。でも、誰も上級魔法使いに強要《きょうよう》などできないさ」

フィンはそれができそうに無いから悩んでいるんだと溜め息をついた。

「ねぇ？　下級、中級、上級って、どこが違うのかな？　俺は師匠からあまり魔法の技を習ってないんだ。魔法を使い過ぎると背が伸びないからと禁止されているし……俺よりラッセルやラルフの方が色んな技を使えるんだ」

ファビアンは中級魔法使いにしかなれそうに無いので、上級魔法使いとの差はわからない。

「下級と中級の違いは、魔力の差だと思うな。同じ魔法体系の技でも効果が違う。例えば、風を送る技を下級魔法使いが使っても物を壊す威力にはならないけど、中級魔法使いなら簡単に壊せる。私は知らないけど、上級魔法使いなら、きっと竜巻《たつまき》も起こせるのではないかな？」

ファビアンは戦記もよく読んでいたので、戦争中の魔法使いの働きも知っていた。アシュレイの偉大な功績も書いてあったが、そんなことが実際に行われたなど眉唾だとも感じていた。

「竜巻ねぇ……風を巻き起こせば、竜巻はできそうだけど……」

考えた途端、フィンは風をクルクルと巻いて小さな竜巻を部屋の中で作ってしまった。

「フィン！　何をするのだ！」

慌ててファビアンは小さな竜巻に風を送って消滅させようとした。

「ごめん！　ええっと、大きくなっている」

ファビアンの送った風を巻き込んで竜巻が大きくなる。

「そうだ！　風の周りを囲い込んだら良いんだ！」

フィンは床に手を付くと、小さな竜巻の周りに囲いを作る。

竜巻はクルクルと同じ場所で暫《しばら》く回っていたが、次第に小さくなって消滅した。

フィンはホッとして囲いを解いた。

「ごめん、部屋が無茶苦茶だね」

慌てて小さな竜巻で散らかった部屋を片付ける。

「部屋は後で片付けさせるよ。それより、どうやって竜巻を起こしたのだ？　それと、どうやって竜巻を消したのだ？」

「どうやって？　ええっと、風をくるくると巻き上げるのを考えたら、竜巻が起こったんだ。消す方法は囲い込んで……」

簡単そうに言うフィンに、ファビアンはこれが上級魔法使いと中級魔法使いの差だと苦笑する。

「やはり、ルーベンス様の弟子だけあるなぁ。私は中級魔法使いにしかなれないから、騎士になる方が良いのさ」

別にファビアンは中級魔法使いにしかなれないのを気にしていないし、事実を言っただけだ。それどころか騎士になるのを望んでいるし、フィンだってよく知っているはずなのに、ずっと後ろめたい気持ちを抱えていたのでファビアンの言ったことを誤解してしまう。

「そんなぁ、ファビアンもアシュレイの子孫なのに……」

あっ！　とフィンはファビアンが騎士になりたがっているのを思い出す。

「何だって！　私もアシュレイの子孫？」

元々、話そうと思っていたので慌てる必要は無いはずなのに、フィンはしどろもどろでレティシィアはアシュレイの娘なんだと説明した。

三十六　十三歳の決意

「なるほどねぇ、あの桜の木の下に眠っているアレンがアシュレイだったのか。魔法使いだとは聞いていたけど、まさかなぁ……ということは、フィンはアシュレイの直系なのだな！」

自分にもアシュレイの血が少し流れていることより、フィンがアシュレイの直系の子孫だということに興奮する。

「ファビアンもアシュレイの血が流れているんだよ」

伝説化されているアシュレイが祖先だなんて自分一人で背負いたくないフィンは、一蓮《いちれん》托生《たくしょう》だとファビアンを仲間にしようとする。

「やはり、フィンはルーベンス様の弟子になるだけある。レオナール家なんか、傍系《ぼうけい》に過ぎない」

フィンはファビアンに自分も遠い祖先に過ぎないと言い返す。

「はぁ〜、こんなこと絶対に秘密だよ〜。俺みたいな落ちこぼれが子孫だなんて、アシュレイが怒りそうだ」

ファビアンは真剣な顔をして意見する。

「落ちこぼれなんかじゃないさ！　それに自分で落ちこぼれだと言うのは止めろ！」

叱咤激励《しったげきれい》されて、フィンは三年生になるのだから頑張ろうと決意する。

「そうだよね！　もうすぐ十三歳だから、カリン村なら一人前なんだもんね」

ファビアンは十三歳で一人前だと聞いて驚く。

「十三歳はまだ子供だろう。サリヴァンでは十五歳で一人前だとされているよ。まぁ、それは女の子の適齢期《てきれいき》が十六歳だというのもあるが。男は十八歳で独立するのが普通じゃないか？」

フィンは、確かに十三歳から奉公に出たりするけど、実際は年季明けする十六歳が独立する時期かもしれないと頷く。

「じゃあ、ファビアンは飛び級したから再来年十九歳で卒業して、ノースフォーク騎士団に入団するんだね」

何を今更！　とファビアンは笑う。

フィンは竜の卵を託せる相手として、ファビアンを一番に思い浮かべたので、ノースフォーク騎士団に竜を連れて行って良いものなのだろうかと首を捻る。

「ファビアンはノースフォーク騎士団付きの魔法使いになるの？ それとも騎士見習いから修業して、騎士になるの？」

フィンの質問の意図がわからなかったが、ファビアンの答えは単純明快《たんじゅんめいかい》だった。

「騎士になるのが目標だから、騎士見習いから修業する」

フィンはウェストン騎士団で見た騎士見習いみたいに、ファビアンが門番などをするのかと思うと笑ってしまう。

「へぇ～、騎士見習いは大変そうだけど……」

ファビアンは失礼だなぁと抗議する。

「フィンは私のことを誤解している。武人として上官の言うことに従う覚悟は出来ている」

ファビアンの言葉で、フィンは自分もルーベンスの弟子として頑張っていこうと覚悟を決める。

「あぁ～、でも、今年は魔法学の講義と、政治の勉強なんだぁ……必要なのはわかっているけど、退屈だろうなぁ」

愚痴るフィンにファビアンは、歴史や政治は勉強したら面白いと励ました。

お昼を食べていけとファビアンに誘われたが、そろそろウィニーに餌をやらなきゃとフィンはレオナール家を辞した。

部屋に帰ると、ウィニーは置いてきぼりだったのでお冠《かんむり》だ。

『ごめんね、ほら、生レバーだよ。食べてよし！』

近頃は小さく切らずに皿に入れた肉をトレイごと床に置いて、ウィニーに食べさせる。朝、昼、晩の三回の食事ですむようになったし、三年生は勉強に集中しようとフィンは思う。

竜がどれくらい大きくなるのかはわからないが、生まれて半年は世話が大変だったので、ファビアンに竜の卵を渡すなら魔法学校にいる間が良いだろうか。

「でも、ファビアンに渡したら、他の人も欲しがるよね……」

パックやラッセルやラルフを信頼しているが、まだアシュレイの秘密を打ち明ける気持ちにはなれない。

「それに……アンドリューは絶対欲しがるよ！」

ウィニーの仲間を増やしてやりたいが、誰に託したら良いのかフィンは悩んだ。

ウィニーは卵のことで悩んでいるそんなフィンを心配していた。

『大きくなったら、卵を産むよ！』

食後の排泄を済ませて、ウィニーはフィンの側に来て話しかける。

『卵を？　そりゃ、ウィニーも卵から孵ったんだから、竜は卵で増えるんだろうけど……』

フィンは農家育ちなので、動物の生殖《せいしょく》については自然と知っていた。

『ウィニーって雌《めす》なの？』

『雌？』

ウィニーは雌の意味が理解できない。

『卵を産むのは雌だろう？　ええっ？　竜は違うの？』

ウィニーは自分が卵を産めると本能で知っていたが、どうやって産むのかは知らなかった。

『卵を産むけど、雌なのかな？』

フィンはこれも勉強しなくちゃと、笑いながらウィニーを抱き上げる。

『ウィニーが卵を産んだら、その卵は温めて孵すのかな？』

アシュレイの桜の木の秘密を知られないのなら、気を楽にして卵を渡せるとフィンは思う。

『うん、多分ね……よく、わからないけど……』

フィンは、まだまだチビ竜だなぁと笑いながら、窓を開けてウィニーを外に放す。

『俺がルーベンスの塔の窓を開けるまで、飛ぶ練習をするんだよ。でも、魔法学校の外を飛んでは駄目だからね』

パタパタと飛び立つウィニーを見送って、人々が竜を怖がらなくなれば自由にさせてやれるのにと溜め息をつく。

「そのためにも竜の数を増やして、害がないと皆に知ってもらわなくちゃ！」

フィンは色々考えたことを聞いてもらいたくて塔の階段を登ったが、書斎に人影はなかった。

（昨日、王様と言い合いしていたから、きっとお酒を飲んで寝たんだろう）

当分起きてきそうにないので、フィンは窓を開けてウィニーを中に入れる。

サッと空気を入れ換えて掃除をすませると、窓を閉め、暖炉の側で竜について書いてありそうな書物を読んだ。

何冊か書棚から持って来て読んではみたが、本当にこれを書いた人は竜を観察したのかと疑わしい。

「春にバースさんが来たら、一緒にウィニーを育てながら、竜の育成方法をキチンと記録しよう！　凄くいい加減な記述ばかりなんだもの」

竜を凶暴な怪物のように書いてあるのにフィンは腹を立てて、本をパタンと閉じる。

「何を怒っているのだ？」

やっと起きてきた師匠に、フィンは竜についていい加減な書物が多いと不満をぶつける。

「なら、お前が間違いを指摘して、竜の素晴らしさを広めていけば良い。それより、二日酔いの治療をしてくれ……」

頭痛で顔をしかめる師匠の二日酔いの治療をしながら、フィンは大人になってもお酒なんか飲まないでおこうと思う。

やっと二日酔いの頭痛が収まった師匠に、暖炉でお茶を沸かして飲ませる。

いつも不思議なのだが、パンやチーズや果物が部屋に絶《た》えることがないので、簡単な昼食というか軽食を用意する。

フィンは師匠が少食なのを心配して、チーズを暖炉であぶってパンに添《そ》えたりして勧めるが、ほんの一切れだけで食べるのをやめた。

「もう一切れ、どうですか」

ルーベンスは断って、フィンの雰囲気が変わったように感じて聞き返す。

「竜のことだけでなく、何か他にも考え事があるのか？」

フィンは、午前中にファビアンを訪ね、アシュレイの血を引いていることを打ち明けた、と話した。

「ファビアンはアレンがアシュレイだと知って驚いたけど、自分は傍系に過ぎないと言うんだ。ねぇ、師匠。ファビアンも防衛魔法を通れるのかな？　ノースフォーク騎士団に入団したら、サリン王国やバルト王国との国境線を護るんだよね……また何か策略に……」

心配そうなフィンを見て、ファビアンをもう一度調べてみると約束する。

カリン村の墓地では残留魔力を感じ無かったし、桜の大木の周りには気づかれないように防衛魔法を掛けてきた。

「前に会ったが、ファビアンは優れた魔力を持っているが、お前とは違う種類の物だと思う。レオナール家は魔力を持つ貴族として、他の魔力持ちの貴族と婚姻を重ねたからなぁ」

その点では他の魔力持ちの血が混じってない先祖返《せんぞがえ》りのフィンの方が、純粋《じゅんすい》にアシュレイの魔力の波動に近いだろうとルーベンスは考えた。

「他にも何か考えているのか？」

フィンの顔を見て、ルーベンスは色々とチビ助なりに考えているのだなと質問する。

「俺、ファビアンに竜の卵を渡そうと思うんだ。竜は卵から孵って半年は世話とか大変だから、ノースフォーク騎士団に入団する前に育てた方が良いかなと……でも、他の人も欲しがるだろうし……あっ！　このことを悩んでいたら、ウィニーが卵を産むと言い出したんだよ。だから、書物で竜について調べていたけど、いい加減なことばかり書いてあって……」

やれやれ、二日酔いで寝ている間に、色々と考えたのだなぁとルーベンスは溜め息をつく。

「竜のことは、ウィニーの成長を待つしかない。竜の卵をファビアンに渡したいのなら、私からということにすればスムーズにいくだろう。文句があるなら、私に言いに来させれば良い。他には何か無いのか？」

フィンは竜の卵の件で悩んでいたので、師匠からと言って渡せば波風は立たないだろうとホッとする。

「他って……俺も十三歳だし、ウィニーも前より手が掛からなくなったから、今年は真面目に勉強しようと思うんだ。苦手だけど、歴史や政治も学んで、カザフ王国の野望を阻止したい。フレデリック王のことを調べて……」

フィンは自分が本当に調べたいのは、フレデリック王ではなくて、あの白髪混じりの金髪の魔法使いについてだと気づいて、唇を噛み締める。

ルーベンスはフィンの肩に手を置いて、ゆっくりと言って諭す。

「フィン、私はあやつを放ってはおかない。それに、父親の死の真相がわかったら、きちんと説明してやる。だから、お前は勉強に集中しなさい」

知識も武力も魔法使いとしても未熟ではカザフ王国の野望を阻止できないし、中級魔法使いにも勝てないとフィンは悟った。

「頑張って、勉強するよ！」

ルーベンスはフィンのやる気が空回り《からまわ》りしないように、師匠として指導しなくてはいけないなと溜め息をつく。

三十七　ウィニーと別居？

冬休みが終わると、真新しい白いチュニックを着た新入生が入学してきた。

パックの妹のルーシーが、白いチュニック姿で同級生の女の子と楽しそうに話しているところを食堂などで見かけた。

「お〜い！　ルーシー、元気にやっているか？」

「もう！　話しかけないでよ〜」

パックは気軽に話しかけるが、同級生の目を気にして嫌がるルーシーを見て、フィンは故郷の妹達を思い出す。

(今頃は雪に埋もれているから、天気の良い日にしか学校には通えないよなぁ。冬は家庭学習するしかないよね)

ローラは賢くて勉強も好きなので、上の学校に行かせてやりたいとハンスとフィンは考えていた。女の子も師範《しはん》学校に行けば、小学校の先生になれるからだ。

フィンも三年生になり、ウィニーの世話が楽になったので落ち着いて勉強に集中できる生活を送っている。

学習面でも落ちこぼれと呼ばれることは無くなり、アレックス達が上級魔法使いの弟子にちょっかいを出すことも無くなった。

アンドリューは相変わらずウィニーに夢中だが、部屋で運動させるのは無理になったので、寮の外で遊ぶから勉強の邪魔にはならない。

今のフィンの悩みは、難しい歴史や政治の勉強ではなく、ウィニーがどれほど大きくなるのか、ファビアンにどのようにして竜の卵を渡したら良いのかなのだが、成竜の大きさはわからずじまいのままだった。

ウィニーは猫ぐらいの大きさからぐんぐん成長していき、今では小さな馬ぐらいになった。

『もう、肩乗りはできないね〜』

床に座って膝の上の頭を撫でてやりながら、寮の部屋で飼うのは限界かもしれないと溜め息をつく。

『もっと大きくなって、フィンを乗せて飛ぶよ』

ウィニーに乗って空を飛ぶのは楽しみだが、少しチビ竜の頃を懐かしく思う。

「そろそろ、ファビアンに竜の卵を渡さなきゃ。桜の花が咲く前から竜の卵を持って、愛着を感じた方が良いと思うもの」

師匠にどの卵を渡したら良いのか相談しようと、フィンはだいぶ出入りが窮屈になった窓を開ける。

ウィニーは窓枠に器用に羽を閉じたまま飛び乗り、外にそのまま蹴り出た後で、羽を広げて飛んだ。

羽を広げると二人の大人が両手を広げたぐらいになるので、寮の部屋で飼うのも限界だなぁとフィンは溜め息をついて、ルーベンスの塔に向かう。

力強く羽ばたくウィニーの姿を、サリヴァンの街の人達も毎日目にし、上級魔法使いと竜に護られている王都の象徴《しょうちょう》のように感じていた。

マキシム王も、日々成長するウィニーの飛翔を王宮から見るのを楽しみにしていたが、相変わらず呼び出しを無視するルーベンスには腹を立てていた。

「フィンは、真っ当な上級魔法使いになってもらいたい」

ルーベンスがアシュレイの防衛魔法を維持してくれているのには感謝するが、他のことを全て放棄《ほうき》しているのには腹が立つ。

カザフ王国が旧帝国復興などという、誇大妄想のような目標に向かって野心を燃え立たせているのに、サリヴァンの一部の貴族は呑気に贅沢な暮らしを送ることしか考えていない。

マキシム王は、ルーベンスも王宮に来て援護《えんご》して欲しいと願っていた。

「上級魔法使いとして会議に出席して、あの愚《おろ》か者どもにガツンと言ってくれれば良いのに……」

むろんマキシム王は何度もカザフ王国の野望を警告してきたし、それに備えなくてはいけないと軍備を増強していたが、各貴族達の協力も必要なのだ。

「父上、ウィニーも大きくなりましたね」

国境線の視察から帰ってきたキャリガン王太子が、ウィニーの飛行を見ているマキシム王の横に立って、うっとりと眺める。

「もう少し大きくなったら、人を乗せて飛べそうですね」

「おおっ！　人を乗せて飛ぶ竜かぁ」

暫し、二人でうっとりと夢を見ていたが、現実の世界に戻る。

「父上、カザフ王国の王女がサリン王国のチャールズ王子と婚約した件ですが……」

北のノースフォーク騎士団の駐屯地から帰ってきたキャリガン王太子は、そこで得た情報をマキシム王に報告する。

「やはり、サリン王国に親カザフ王国というか旧帝国復興主義の貴族が増えていますね。サリン王国のジェームズ王は長年の敵国バルト王国を、カザフ王国と挟み撃ちにする計画で目が眩《くら》んでいるのでしょう」

内陸のバルト王国はシラス王国へは防衛魔法で南下できないので、海を求めて東のサリン王国へ何度も戦争を仕掛けていたのだ。

勇猛《ゆうもう》な騎馬隊を有するバルト王国に対し、サリン王国も防戦に苦労していたので、カザフ王国との縁談《えんだん》で同盟を結ぶのは歓迎なのだろうと、マキシム王は溜め息をつく。

「縁談も、同盟も、本来はサリン王国には良いことなのだろうが……フレデリック王は、サリン王国に親カザフ王国派や旧帝国復興主義者を増やしている。愚かにも、我が国でも少しずつ旧帝国復興主義者が増えているがな！」

苦虫《にがむし》を噛み潰したように言葉を吐き捨てるマキシム王を、キャリガン王太子が宥める。

「旧帝国復興主義者はまだ少数ですし、流石に贅沢好きな貴族達も、自国が征服《せいふく》されることは望まないでしょう」

「今はカザフ王国の目が、サリン王国やバルト王国に向いているからな。フレデリック王はルーベンスが死ぬのを待っているのだろう。だが、弟子を取ったと知ったら……」

高齢のルーベンスが死ねば、国境線の防衛魔法も消え去る。

なのでシラス王国は最後のデザートに取っておき、まずは前菜として小国を併合し、メインのバルト王国とサリン王国を攻略しようとしていたのに、新しい上級魔法使いが誕生するだなんて計算外だろう。

「フィンの身の安全はルーベンスが気をつけるだろう。やっと見つけた弟子を、おめおめカザフ王国の密偵に害されたりしないさ」

ルーベンスの塔の窓にウィニーが羽を畳んで窮屈そうに入るのを見て、マキシム王はこの件は任せておいても大丈夫だろうと笑った。

『こら、ウィニー！　窓を壊しちゃうよ～』

ルーベンスの塔の窓枠に止まったウィニーが羽ばたくのを、フィンが注意する。

「もう少し大きな窓が必要だな～」

ルーベンスは、ウィニーが塔に出入りするためには、どのくらいの大きさの窓が必要なのだろうかと考える。

『どれくらい大きくなるのか、わかるか？』

ウィニーはどうにか塔の中に入って、ルーベンスの質問に首を傾げる。

『まだ、成長しきってないのは確かだと思うけど……だって、卵を産めないから』

そろそろウェストン騎士団を辞めてバースが魔法学校にやって来るし、竜舎を建てなくてはいけないのだが、成竜の大きさがわからないので困っていたのだ。

『もう、寮の窓も出入りするのギリギリだよ。階段を上り下《のぼお》りするのは、他の生徒もいるから無理だし……』

きゅるると寂しそうな鳴き声に、フィンはよしよしと頭を撫でるが、これ以上は寮で飼うのは無理だろう。

「塔の一階なら扉も大きいし、出入りは楽々できるよね。俺のベッドをこっちに運ぼうかな？」

ルーベンスはフィンが塔に住むのは気にならないが、他の生徒達と過ごした方がフィンの精神的な成長には良いのではないかと考える。

自分は塔に引きこもって、気が向いたら吟遊詩人として旅をしていたが、それは年を取ってからの話だと首を横に振った。

『これから他の竜も増えたらどうするのだ。やはり、竜舎が必要になる』

卵から孵った時からずっと一緒のフィンと別れるのがつらいと、ウィニーはしょんぼりする。

『竜舎に毎日会いに行くよ。それに、ルーベンスの塔にも出入りできるようにするから』

『本当に？　毎日フィンと会えるんだね』

『そうだよ！　それに仲間の竜が増えるからね。当分はチビ竜だから寮にいるけど、色々と教えてあげるんだよ』

『仲間が増えるの？　やったぁ！』

ウィニーの機嫌が良くなったので、師匠と二人でテラス付きの掃き出し窓を造るプランを練《ね》る。フィンもルーベンスもウィニーと一緒に過ごしたいので、塔に出入りさせたいと思っていたのだ。

「あっ、師匠。ファビアンにはどの卵をあげたら良いかな？」

フィンなりに色々と考えたのだが、考え過ぎて煮詰《につ》まってしまった。

「お前が良いと思う卵で良い」

投げやりな師匠に、自分の考えを話す。

「ファビアンは風の魔法体系が得意で、火の魔法体系も使えるんだ。だから、俺は水か土の魔法体系の竜の卵をあげたいと思う。ノースフォーク騎士団は内陸部だから、水より土かなぁと考えているんだ。土には防御魔法が多いから……」

騎士になるファビアンを護ってくれる土の魔法体系に属する竜が側にいれば、少し安心だとフィンは考えたのだ。

「なら、ファビアンには私から土の魔法体系の卵を渡そう」

フィンと相談して、少しはファビアンに魔力を注がせても無駄じゃないだろうと段取りを決める。ルーベンスはフィンとウィニーが帰った後で、少し憂鬱《ゆううつ》な気分になった。

「ああ、ヘンドリック校長がうるさいかもしれないなぁ」

何故ファビアンに卵を渡したのか？　他の卵を誰に渡すつもりなのか？

きゃんきゃん質問するヘンドリック校長が目に浮かんで、当分は塔から出ないようにしようとルーベンスは溜め息をついた。

三十八　ファビアンと竜の卵

二月の終わりの寒い日、ルーベンスはファビアンを塔に呼び出して、彼に竜の卵を渡すことを決めた。

当分はヘンドリック校長に会いたく無いので、塔の窓工事を終え、竜舎も大は小を兼ねるだろうとかなり大きめのものを発注済みだ。

いつもの午後からの魔法学の授業で塔にやってきたフィンは、大きくなった掃き出し窓を開けて、ウィニーを中に入れてやる。

『ウィニー、ほら、おやつだよ』

お昼を食べたばかりだが、ハムの一切れぐらいペロリと食べる。

「師匠！　甘やかさないでください。それに、自分がちゃんと食べてくださいよ」

小鳥ほどしか食べないルーベンスを心配するが、口うるさいと無視して聞こうとしない。

「そんなことより、ファビアンを呼んで来なさい。どの教室にいるのかわからなければ、ヤン教授に聞けば良い」

食べかけの食器を片付けていたフィンは、竜の卵を渡すんだ！　と急いで螺旋階段を駆け下りる。

「やれやれ、少し落ち着いたと思ったが……」

トレイの上に片付けられた食器を職員用の台所に移動魔法で送ると、トラビス師匠の書棚から緑灰色の卵を持って下に降りる。

『ウィニー？　お前の名前はアシュレイが付けたのか？　それとも、お前の母竜が付けたのか？』

ウィニーはお腹いっぱいでうとうとしていたが、緑灰色の卵を見てぐるると喉を鳴らした。

『自分の名前がウィニーだとは知っていたけど、誰が名付けたのかは知らない。卵の中にいたから、母竜に会ったこともないんだもの。他の竜が孵るんだね！』

ウィニーは仲間が増えるのが嬉しくて、ルーベンスの質問などには興味がない。

ルーベンスは緑灰色の卵から孵る竜は、土の魔法体系に属すると考えていた。

（アシュレイにしろ、母竜にしろ、単純なネーミングだな。土の魔法体系の竜なら、グラウニー、アース、ブランドン……まぁ、孵ればわかるか……）

緑灰色の卵を撫でながら、名前を考えていたが、塔の下からフィンがファビアンを連れて来た気配がする。

「師匠！　ファビアンを連れて来ました」

ファビアンはちょうど午後の授業のために教室移動をしていたところをフィンに捕まって、ルーベンスの塔まで引っ張られて来られたのだ。

「ルーベンス様、何かご用だとフィンが言っていましたが……」

ルーベンスの足元に寝そべっているウィニーが、自分の方を金色の瞳で興味津々に見ているのを不思議に思いながら、上級魔法使いに呼び出された用件を尋ねる。

「ファビアン、この竜の卵をお前に授ける。卵に魔力を注いで孵しなさい」

唖然《あぜん》と立ちすくんだファビアンの手に、家鴨《あひる》の卵ぐらいの大きさの竜の卵が置かれた。

「ルーベンス様、これは……」

ファビアンには卵型の石に見えるが、目の前のウィニーが青灰色の卵から孵ったのだから、この緑灰色の卵からも竜が孵るのだと興奮する。

「私がもらっても良いのでしょうか？」

『竜三部作』で何個かの竜の卵がアシュレイから弟子達に託されたのは知っていたが、フィンと違い、自分は上級魔法使いになれそうにないのにと戸惑う。

「ファビアン、お前にもアシュレイの血が流れている。その件は秘密にして欲しいが、お前なら竜の卵を孵せるはずだ」

そう言いながら、ルーベンスはファビアンの魔法の波動は、フィンとは違うと感じていた。

（多分、ファビアンは防衛魔法を通り抜けられないだろう。その方が面倒な目に遭わなくて、良いかもしれないな……）

ファビアンもウィニーにめろめろだったので、貴重な竜の卵をもらって嬉しいが、傍系に過ぎないのに良いのか躊躇《ためら》う。

『仲間を増やしてよ』

ウィニーに後押《あとお》しされて、ファビアンは手の中の緑灰色の卵を愛しそうに撫でた。

「ありがとうございます！　大事にします」

いつもは尊大なファビアンが、十六歳の少年らしく満面の笑みで頭を下げた。

「ところで、どうやって孵すのですか？」

ウィニーをどうやって孵したのかと友達に問いつめられても、フィンは魔力を注いで孵したとしか言ってなかったが、ファビアンはカリン村に花見に行ったのが怪しいと感じていた。

まして、あの桜の大木の下にアシュレイが眠っていると知ってからは、関係があるのではと推察していたのだ。

「卵を肌身離さず持ち歩いて、魔力を注いでみなさい」

フィンはいくら魔力を注いでも孵らないのに酷いと思ったが、少しは苦労して愛着を感じるのも良いかもと口出しはしなかった。

ファビアンは何か腑《ふ》に落ちない気持ちはしたが、青いマントのポケットに卵を入れると、礼儀正しくお辞儀をしてルーベンスの塔を去った。

フィンは、多分ファビアンは桜の大木が怪しいと気づいていると思う。

「師匠、ファビアンはきっと気づいているよ。俺が桜の大木の下にアシュレイが眠っていると話したから」

ルーベンスもファビアンは気づくだろうと苦笑する。

「そうだな、春になったらカリン村にファビアンを行かせなくては……」

本当なら吟遊詩人として旅を楽しみたいが、自分がカリン村に出かける度に竜の卵が孵っては桜の大木の下で眠るアシュレイの秘密に気づく者がでかねない。

なので、ファビアンだけでコソッと孵して来られないかなぁと思案する。

「フィン、早馬《はやうま》なら一週間で行って来られるか？」

あまり乗馬に自信は無いが、ロバに乗って師匠のお供をしていたことから、訓練された馬なら大丈夫だとフィンは頷く。

「本当はファビアン一人で行って欲しいが、卵から孵りたての雛の面倒を見られるか心配だ。彼は貴族だから、排便の世話などできないだろう。それに、桜の大木には結界を張って来たので、お前の家族以外は近づけないからな」

フィンもファビアンが排便の世話ができるとは思えないので、教えなくちゃと頷く。

「でも、俺がアシュレイの子孫だとバレるのは嫌だなぁ」

優等生のラッセルやラルフは、桜の妖精の話を憶《おぼ》えていて、ウィニーが孵ったのと関係があるのではと尋ねられたことがあった。

いつかは彼らに打ち明けるかもしれないが、まだフィンは偉大過ぎる御先祖様の件は秘密にしておきたいと溜め息をつく。

『私が乗せて飛ぶよ！　それなら一日で往復《おうふく》できる！　小柄なフィンなら乗せて飛べる！』

『ウィニー？　無理しなくても……』

まだ卵から孵って一年も経たないのにと、フィンは心配した。

『大丈夫だよ！　試してみよう』

見ていたルーベンスは、確かに竜で往復するのなら、ファビアンの不在はともかく、フィンの不在は気づかれないかもしれないと考えた。

「ファビアンはノースフォーク騎士団の見学に行くとか理由をつけて、カリン村に先に行かせれば良い。ファビアンに伝書鳩《でんしょばと》で桜が咲いたら知らせてもらって、お前は桜が満開になる頃の土曜に飛んで行き、日曜に帰って来れば、留守に気づかれないだろう。これから飛行の練習をしてみよう。駄目な時は早馬で行くしかない」

張り切るウィニーと、飛行する竜に興奮する師匠に後押しされて、フィンは塔の下で練習を始めた。

『ウィニー？　重たくない？』

大型犬ほどに成長したウィニーに跨がって、フィンは心配そうに尋ねる。

『重くないよ！　それより首にしっかりつかまって！』

フィンがウィニーの首につかまったと同時に、羽を羽ばたかせて空に舞い上がった。

『ああ～！　飛んでいる！』

空から見る魔法学校の景色に、フィンはくらくらする。

『もっと速く飛べるよ！』

ウィニーはまだまだ平気で飛べそうだが、フィンは初めての飛行で目が回りそうだった。

『ウィニー！　お願いだ、降りてくれ！』

首に手を回している体勢は下を向いているので、かなり疲れる。

ウィニーが後ろ脚から座った体勢で着地すると、フィンは尻尾の方へ転がり落ちた。

『ウィニー？　大丈夫か？　えらく早く降りて来たが、まだ無理をしなくても良いぞ』

ルーベンスが声を掛ける。

『私は大丈夫だけど、フィンは目が回ったみたいだ』

フィンは竜に乗るのは大変だと肩を竦めた。

『だって、ウィニーの首しか持つ所無いし、飛んでいる時は地面を見る体勢になるんだもの……』

ルーベンスはウィニーを立たせたり、座らせたり、寝そべらせたりしてみて、飛行している時は寝ている時のように、首が地面とほぼ平行になることを知って唸る。

『ポニーかロバの鞍《くら》を付けてみるか……』

フィンに厩舎《きゅうしゃ》から鞍を持って来させて、ウィニーに付けさせる。

『変な感じだよ～』

ウィニーは初めての鞍に少し違和感を覚える。

『フィンの安全のために必要なのだ。もっと締めても、苦しくは無いか？』

羽がある肩の下のあたりに鞍をぎゅっと締め付けられて、ウィニーは少し身じろぎしたが、ばたばたと羽ばたいても大丈夫だった。

『フィン、乗ってみて！』

フィンは鞍に跨がって、手でしっかりと鞍壺《くらつぼ》をつかむ。

『窮屈じゃない？』

心配して声を掛けたが、ウィニーは大丈夫だと答えると同時に空高く舞い上がった。今回は鞍があるので、ウィニーに安定して跨がっていられる。

『フィンと一緒に空を飛べる！』

嬉しそうなウィニーの声で、フィンも楽しくなってくる。

『気持ち良いね～！　ウィニー、ありがとう！』

塔の周りを何周かして、ルーベンスが降りて来なさいと呼んでいるので、渋々地面に舞い降りる。

今回は鞍があるので、着陸の衝撃で尻尾の方に転がり落ちることもない。ウィニーは座った着陸のスタイルから寝そべって、フィンが降りやすいようにしてやる。

『ありがとう！』鞍を外してやりながら、フィンはウィニーにお礼を言った。

『もっと、フィンと飛びたい！』

ルーベンスは、毎日練習すれば、桜が満開になる頃にはカリン村まで飛べるだろうと笑った。

三十九　卵騒動

ファビアンは竜の卵をもらったことを自慢して吹聴《ふいちょう》はしなかったが、時々卵を手に取って魔力を注いだりしたので、あっという間にバレた。

「ファビアン！　それって竜の卵なのか？」

別に隠すつもりは無かったし、竜が孵れば知られることなので肩を竦めて、そうだと答える。質問した同級生は、そうだじゃないだろう！　と興奮して足を踏み鳴らす。

「それを、どこで手に入れたんだ？　もしかして……盗んだとか……」

ギロリと緑の瞳で睨まれて、整った容貌《ようぼう》だけに恐ろしいと首を竦める。

「ルーベンス様にいただいたのだ。あっ！　先に言っておくが、理由は知らないし、私からねだったわけじゃ無いからな」

これで質問には全部答えたと、ファビアンは先手《せんて》を打ったつもりだった。

「ねだったわけじゃないと言いながら、愛しそうに撫でているじゃないか！　私にも触らせてくれよ！」

高等科生とは思えないなと、ファビアンは皮肉を言ったが、触っても害は無いだろうと同級生に渡す。

「よしよし！　私はナイジェルだよ～。覚えておくんだよ～、ファビアンより可愛がってあげるからね～」

何を吹き込むつもりだ！　とファビアンは卵を取り返す。

「それにしても、何故、ファビアンがもらえたんだろう？」

面と向かって失礼な発言をする同級生達に、竜が孵っても乗せてやらないからな！　と意地悪を口にする。

「えぇっ～！　ファビアン！　殺生《せっしょう》なことを言うなよ～。俺とお前の仲じゃないか～。一緒にヤン教授に叱られただろ～」

ファビアンは女の子に失恋して留年しかけたお前と一緒にするな！　と怒鳴りたくなったが、竜の卵を撫でていると瑣末《さまつ》なことに思えてくる。全員が竜の卵を欲しいなぁとファビアンを羨ましく思ったが、高等科の生徒達は流石にフィンの元に押しかけたりはしなかった。

パックやラッセルやラルフは、フィンが竜の卵をルーベンスからもらったのは納得していたし、ウィニーにめろめろになっていたが、自分達がもらえるなんて考えても無かった。

しかし、ファビアンが竜の卵をルーベンスからもらったと聞いて、フィンには直接は言わないが、何となく胸がざわつく。

特に、フィンを乗せてウィニーが飛行訓練をしているのを見ると、残っている竜の卵が欲しいと胸の奥に羨望の炎が燃える。

だが、フィンの友達は自分がそんなことを言ったら友人を困らせてしまうと、自制心を目一杯、働かせて耐えた。

「なんで、ファビアンが竜の卵をもらったのだ！」

一方のアンドリューも、竜の卵が欲しくてたまらないのを、フィンは上級魔法使いの弟子だから特別なのだと我慢していた。しかし、ファビアンが竜の卵をもらったと知って、胸のモヤモヤが抑えられなくなった。

ウィニーに乗って飛行しているフィンを、何故ルーベンスはファビアンに竜の卵を渡したのか問い詰めたいと睨みつける。

「アンドリュー、フィンを困らせるだけだよ。ルーベンス様がファビアンに竜の卵を渡したのだろ」

ユリアンの言葉などアンドリューの耳には入らない。

「きっと、ファビアンは領主の息子の立場を利用して、フィンからルーベンス様に頼んでもらったのだ」

「馬鹿馬鹿しい、ルーベンス様は国王陛下の命令にも背《そむ》く気儘な方だよ。弟子の言うことなんか、気にしないさ」

アンドリューも、それはそうかもと溜め息をつく。

「でも、何故ファビアンは……」

魔法学校にいる全員が、同じ疑問を持っていた。

いや、ヘンドリック校長はファビアンがアシュレイの傍系であることを知っていたので、それでルーベンスが竜の卵を渡したのだと察していた。

「ルーベンス様は竜の卵を何故ファビアンに渡したのですか？」

詰め寄る教授達に、アシュレイの件は口にできないので、ヘンドリック校長はルーベンスの気紛れだろうと言い切る。

「気紛れ？　あんな貴重な竜の卵を、気紛れでファビアンに与えたのですか？　ヘンドリック校長はそれで良いとお考えですか！」

良いも何も、ファビアンに竜の卵を与えたのも知らなかったのだと怒鳴りたくなる。

「竜の卵はアシュレイ様が弟子に与え、その孫弟子である上級魔法使いのルーベンス様が全てを託されたのだ。誰に与えようと、ルーベンス様の考え次第だ」

そう言い切ると、秘書のベーリングに教授達を校長室から追い出させた。

「やれやれ、当分は大騒ぎになりそうですね」

お疲れ様ですと、薫《かお》りの良いお茶を出しながら、ベーリングは苦笑する。

ベーリングはフィンの祖先がアシュレイだと確信は持っていなかったが、ファビアンに竜の卵を与えた理由は同じ祖先を持つからだと考えていた。

ヘンドリック校長はお茶を飲みながら、ベーリングは気づいているのではと疑問を持ったが、ルーベンスに口止めされているため話題を変える。

「竜舎はもうすぐ出来上がりそうだな。ウェストン騎士団の鷹匠だったバースも到着したし、竜の育成には支障は無さそうだ」

全て事後報告だったが、ウィニーに続いて、ファビアンの竜の卵が孵るのを楽しみにしているので、ヘンドリック校長はこの件には文句をつけない。

(アシュレイの弟子は五人だったから、あと三個残っているはずだ。竜の卵が桜の大木に宿ったアシュレイの魔力で孵ったとすると、その秘密を知っても良い人物にしか渡さないだろう。できればキャリガン王太子に一つ渡してくれたら良いのだが……)

ヘンドリック校長は、マキシム王とキャリガン王太子に渡して欲しいと考えているが、絶対に無理そうなので、国境線の視察に忙しい王太子にだけでもと願う。

やがてバースが到着してからは、鞍を改造したり、飛行訓練も計画的に行ったりと、ウィニーの飛行は上達著《いちじる》しかった。

(馬よりも速く移動できる竜がいれば、キャリガン王太子の仕事がはかどるのは間違いないのだが……無駄かもしれないが、ルーベンス様に提案してみよう)

そう思ってルーベンスの塔へ向かったが、案の定、扉は固く閉まっていた。

自分一人を教授達の矢面に立たせ塔に閉じこもったルーベンスを、内心で「頑固爺《がんこじじい》!」と罵《ののし》って、せめてフィンから伝えてもらおうと完成間近《まぢか》の竜舎へ向かう。


竜舎の前ではバースとウィニーが揉めていた。

『もっと飛べるよ〜』と不満を言うウィニーに、バースは成長期なのに無理をしてはいけないと言い聞かせている。

「フィン、ウィニーに羽を持ち上げるように伝えてくれ」

バースは、ウィニーが少ししか飛行訓練をさせてくれないのに不満を持っているのはわかっていたが、細かい指示はフィンを通してした方が確実だ。

ウィニーは羽を上にあげて、バースが羽の付け根の筋肉を調べるのに協力する。

「う〜ん、まぁ大丈夫そうだな。でも、いくらフィンが軽いとはいえ、いきなり長時間乗せて飛行するのは良くない。まずは、ウィニーのみで飛行する時間を増やしていこう」

バースも竜を育てるのは初めてで、手探《てさぐ》り状態だ。

不満そうなウィニーに、かなり高い所でならサリヴァンの郊外を一周してきても良いと許可を与えて、飛び立たせる。

「矢が届かない上空なら、大丈夫だろう」

フィンは多分ウィニーはバリアーを張れるから矢も通さないのではと考えたが、まだ竜を恐れる人も多いので、バースの指示に従わせる。

バースがウィニーと会話をきちんとはできないのはハンディだとヘンドリック校長は片眉を上げたが、フィンとルーベンスよりは適切な指導をしそうだと考えた。

手帳に今朝食べた肉の量や、飛行訓練のスケジュールをフィンに質問しながら書き込んでいるのを、咳払《せきばら》いして中断させる。

「ちょっとフィン、良いかな？」

フィンはヘンドリック校長の用事の内容が竜の卵の件だろうと察して、ウィニーと逃げ出したくなったが、竜は空高く舞い上がってしまっている。

ルーベンスの塔に引きこもって、騒動が通り過ぎるのを待っているルーベンスに苦情を言いたくなった。

校長室に連れて行かれながら、フィンは面倒なことになりそうだと溜め息をついた。

四十　竜の卵を渡す相手

フィンは校長室に連れて行かれて、ヘンドリック校長からキャリガン王太子へ竜の卵を渡すようにルーベンスに伝えて欲しいと頼まれた。

「キャリガン王太子は国境線の視察で、忙しい日々を送っておられる。竜がいれば少しは楽になるのではないかと、私は思うのだが……そこのところをルーベンス様に、お前から上手く話して欲しいのだ」

フィンは師匠が竜の卵を渡す相手を自分に任せているのを秘密にしていてくれて良かったと思ったが、キャリガン王太子の苦労を延々と聞かされて困惑した。

ルーベンスの塔へ向かいながら、確かに竜に乗れば国境線までひとっ飛びだし、緊急事態にも対処《たいしょ》できるだろうと、ヘンドリック校長の主張はもっともなだけに悩んでしまう。

（でも、キャリガン王太子に竜の卵を渡したら……あの桜の大木の秘密がバレちゃうよね……竜を卵から孵した後で、渡すのはありなのかな？　それなら……でも、信頼を得た後で、キャリガン王太子に渡せるかな？）

ウィニーが卵から孵った瞬間を思い出して、フィンは竜にとっても、それを託された相手にとっても、貴重な絆を結ぶ機会を失ってしまうと首を横に振った。

ルーベンスの塔には竜の卵の件で話したいと教授達が押しかけたので、フィンが扉を開けた瞬間に引っ付いてくるのを防ぐために、ピッタリと結界が張ってある。

フィンは竜舎で寛《くつろ》いでいたウィニーに頼んで、塔の改造したテラスまで乗せてもらい、掃き出し窓を開けて中に入った。

（確か、塔に閉じ込められた姫君を、救出に行く王子の話があったなぁ……竜で楽々と飛んで行くんじゃなくて、綱《つな》をよじ登るんだけどね）

一年生の夏休みに、ヤン教授から貸してもらった本のなかに、よく似た物語があったのを思い出すフィン。

しかし現実は綺麗な姫君どころか年を取った魔法使いだし、閉じ込められているのではなく他の教授達を排除しているのだと、プッと噴き出した。

「何を笑っているのだ？　ヘンドリック校長に連れて行かれたから、心配していたのに」

珍しく起きていた師匠に驚いたフィンは、ヘンドリック校長から頼まれた件を話す。

「まぁ、ヘンドリック校長なら竜の卵をキャリガン王太子やマキシム王に渡すべきだと考えるだろうな。後は、王宮付きの魔法使いに渡せと言うだろう。どうせ私が言うことを聞かないと承知しているから、キャリガン王太子だけでもとお前に言ったのだ」

完全に無視する気満々の師匠に、フィンの方が良いのかな？　と戸惑ってしまう。

「でも、キャリガン王太子は国境線の視察で忙しいので……俺は……アシュレイの秘密がバレなきゃ、竜の卵を渡しても良いかもと思うんだけど……」

これはかなりヘンドリック校長に圧力を掛けられたなと、ルーベンスは眉をひそめた。

「竜を孵してからキャリガン王太子に渡すことも考えたけど、それだと竜との絆が……」

やれやれ、こんなに圧力に弱くて、上級魔法使いとしてやっていけるのかと溜め息をつく。

「フィン、お前はこれからも、自分より身分が上の者から、色々と命令や要求をされることがあるだろう。しかし、その全てに応える義務は無いと覚えておけ！　たとえマキシム王の命令でも、自分が嫌だと思ったら、従わなくて良いのだ。まして竜の卵を渡すということは、お前の祖先がアシュレイだと明かすのと同様だからな。慎重に考えなさい」

フィンはマキシム王の命令に従わないだなんて、考えただけで身震いしてしまう。

「でも、王様に逆らったりできないよ」

ルーベンスは青い瞳に怒気《どき》を込めて、フィンに上級魔法使いとしての心得《こころえ》を叩き込む。

「では、王が邪魔な貴族を暗殺《あんさつ》して来いと命じたら、お前は従うのか？　アシュレイの子孫を増やしたいと、妻を押し付けられたら娶るのか？　もちろん、上級魔法使いとして、シラス王国を護るために人を害することもあるかもしれない。しかし、それは自分で判断して、自分でその結果を背負う覚悟を持って行わなくてはいけない」

フィンも魔法で人を攻撃できるのは知っていたが、自分がそれを使って害をもたらすということは真剣に考えてなかった。

少し青ざめた弟子を見つめて、ルーベンスは貴族や騎士階級出身なら、弱い者を助けるために人を斬っても良いと教え込まれているのにと、溜め息をつきたくなった。

上級魔法使いとしての覚悟をフィンに少しずつ芽生えさせる必要を感じる。

「マキシム王は、お前に王宮に詰めて欲しいと願うだろう。トラビス師匠は、王の相談役兼王宮付きの魔法使いとして、長年あの部屋に詰めていた。私は王宮の窮屈な生活は真《ま》っ平《ぴら》だし、サリヴァンの軟弱《なんじゃく》な貴族共を見るとヘドがでるので、塔に引きこもっているのだ。王宮になどいたら、マキシム王だけでなく貴族共も、あれこれと要求を突きつけてくるからな」

フィンもサリヴァンの一部の貴族達にあれこれ指図されるのは御免だと頷く。

「でも、キャリガン王太子に竜が必要なのは確かなんだ。ウィニーが卵を産んで、温めて孵すのなら……」

ルーベンスはウィニーがいつ卵を産むのか、それは温めて孵すのかどうかもわからないのだろうと肩を竦める。

「それはそうだけと……ねぇ、師匠？　竜って雄《おす》と雌があるのかな？　バースと話していたんだけど、竜は交尾するの？　ウィニーは卵を産めると本能的に知っているみたいだし、多分温めて孵すんだろうと言っているんだけど……交尾するのって……ファビアンに渡した竜とかな？　それって、兄弟で交尾することになるの？　他に竜は存在するの？」

すっかりキャリガン王太子の件は横に置かれて、ルーベンスとフィンは竜の生殖について文献を調べるのに熱中する。

「ウィニー！　バースも呼んで来なさい」

暖炉の前でうとうとしていたウィニーは、バースのことも好きなので素直に竜舎まで呼びに行く。

塔の扉を閉鎖《へいさ》しているから、ウィニーは窓から塔を出入りするのに使われているが、この程度ならウィニーだけで行けるため鞍を付けなくても良いので気楽なのだ。

「アシュレイが卵を託された竜は、どの魔法体系に属していたのでしょう？　風、土、水、火、全ての魔法体系の竜の卵を、一頭の竜が産めるものなのでしょうかね？」

鷹の繁殖《はんしょく》に詳しいバースの言葉で、ルーベンスとフィンは首をひねる。

「本当に、アシュレイは全く記録とか残してないからなぁ。弟子達の手紙などから、彼の言葉を書き出している最中なのだ」

防衛魔法をいかにして張り巡らしたのか、ヒントがあればと思って宵《よい》っ張《ば》りのルーベンスは残された資料を読みふけっているのだが、なかなか役にたつ文献は見つからない。

「最後の弟子だったトラビス師匠も、兄弟子達の書籍しか研究されてないからなぁ。まぁ、トラビス師匠は歴代の王様にお仕えしていたので、手紙まで読んでいる時間は無かったのだろう」

ヘンドリック校長が聞いたら、吟遊詩人の真似などしないで、百年もあったのだから調べておけば良かっただろうと怒るところだ。

「ウィニーに聞いても、まだ卵を産むほど成長してないとしか答えませんしね～」

日々、ウィニーと過ごすうちに、バースはかなり意思疎通《そつう》ができるようになっていた。

フィンも農村育ちなので、良い馬の交配だとか、簡単な知識があった。なのでアシュレイに卵を渡した竜が、全魔法体系の卵を産んだのかな、と不思議に感じる。

『ウィニー？　ファビアンの竜の卵が孵ったら、兄弟かどうかわかるかな？』

ウィニーは眠たそうに暖炉の火を見つめて、『兄弟？』と首を傾げた。

『同じ母竜から産まれた卵かどうか？　交尾しても良い相手か？　見たことも無い竜なのに、わからないよ……』

呑気に寝てしまったウィニーはまだまだ子供なのだと、三人は溜め息をついた。

「もし、交尾して卵を産むのなら、他の魔法体系の竜の卵も孵した方がバランスが良いのかもしれないな……」

師匠の呟きに、フィンは腕を組んで考え込む。

「ファビアンの卵の竜が兄弟かどうか、交尾できるのか、孵ったらウィニーはわかるんだね。まぁ、交尾によって卵を産むのかどうかも、未だウィニー自身にもわからないみたいだし……鶏は雌だけでも卵を産むけど、雄と交尾して産んだ卵じゃないと雛は孵らないよ。でも、魔力の塊の竜なら、何でもありなのかも？」

全員が腕を組んで唸るが、結論は出ないままだ。

「この件は、ファビアンの卵の竜が孵ってからにしよう。それでわからなかったら、ウィニーが成長するのを待つしかない。それよりバース、竜は二人ぐらい乗れそうなのか？」

バースはまだまだウィニーは大きくなりそうなので、二人乗りも可能だろうと頷く。

「そうか！　シラス王国のことを考えると、キャリガン王太子に竜の卵を渡した方が良いかもしれないと思っていた。でも、ファビアンの卵の竜に乗せてもらうのもありだよね。他の卵の竜でも、用事は済ませられるよね！」

やはりアシュレイの件はキャリガン王太子には知られたくないと思っていたので、フィンはホッとする。

そして、自分の祖先の件を知らせても良いと思えるほど信頼できる相手にしか竜の卵は渡さないと決意した。

四十一　苦手《にがて》な勉強

春になるまでフィンは師匠から政治や歴史について、普通の教授が聞いたら怒りそうな講義を受けた。

「師匠？　なんだか教科書に書いてある歴史とは違うような……マキシム王の先代や先々代って、貿易を盛《さか》んにした中興《ちゅうこう》の祖《そ》で立派な王様だと習ったけど？」

ルーベンスは暖炉の前の長椅子で寛《くつろ》いで、足元のウィニーにハムをやりながら笑う。

「それは、教科書は為政者《いせいしゃ》に都合の良いように編集されているからだ。私は本人達を知っているのだが、先代と先々代の王様は無能だった。そんなに悪い人間ではなかったが、覇《は》気《き》もなく、サリヴァンに蔓延《はびこ》る貴族共の贅沢な暮らしを取り締まらず、堕落《だらく》させていったのだ。貴族共は王の相談役だったトラビス師匠が亡くなって、目の上のたんこぶが退けられた気分になったのだろう」

フィンは長生きの師匠は歴代の王様とじかに会っているのだと驚いた。

「ねぇ、師匠は何歳なの？　上級魔法使いは長生きすると聞いたけど……俺も長生きするのかな？」

ルーベンスは百歳以降は数えるのを止めたと笑った。

十三歳のフィンには想像も及ばない年齢なのだ。師匠の関節痛や気管支炎の治療の技を今以上ちゃんと掛けようと思う。

「お前も、これから何代もの王様に仕えることになる。その中には、あまり賢い選択をしない王様もいるだろう。そんな時には上級魔法使いとして、王宮から距離を取り、シラス王国を護る方を優先するのだ。だから、お前は日頃から王様だからと萎縮したりしないで、それが正しいか見極める目を養わなくてはいけない」

フィンは、もしかして自分はお馬鹿な王様を廃《はい》したりするのかな？ と身震いして尋ねた。

「それは歴史小説の読みすぎだ！ 私は尊敬できない王様でも、国民を虐待《ぎゃくたい》しないかぎり、廃したりしないな。次の王様が、より良いとは限らないからな。マキシム王は先代に比べると良い王様だし、キャリガン王太子も真面目だが、サリヴァンの貴族に弱腰《よわごし》なのは同じだな」

王宮の会議に出席しているヘンドリック校長が聞いたら、だからこそ上級魔法使いのルーベンスが、シラス王国の守護者として援護するべきだと溜め息をつくだろう。

「まだまだ勉強しなくちゃ！ 自分で自信を持って決断するには、色々と知ってなきゃいけないんだ」

その通りだと、床にずっしりと宿題の本を積み上げられた。

「師匠？　これはシラス王国の歴史の本じゃ無いですよ〜」

カザフ王国の歴史なんかと抗議しながら、パラパラ捲ってフィンはギョギョッと目を丸くする。

「古典じゃないですか！」

ルーベンスはフィンが古典を苦手にしているのを知っていたので、これで勉強になるだろうとほくそ笑む。

「フレデリック王は旧帝国を復活させようとしているのだぞ。当然、出版物は古語で書かれているに決まっている。田舎のルキアでは古語で話す者などいないが、王都では身分のある者は古語でしか話さないそうだ」

そんな気取《きど》った連中となどお近づきになりたくないと、フィンはしかめ面《つら》をする。

「自国に都合の良い歴史だけ学んで、敵を知らないでも良いのか？　それで、自信を持って王様の命令が間違っていると、判断できるのか？」

師匠の青い目に睨まれて、苦手な古語で書かれたカザフ王国の歴史の本を読み始める。

「酷い！　アシュレイを悪魔のように書いてある！」

のんびり竪琴を爪弾いていたルーベンスは、自分でも読んで腹を立てたのだから、子孫のフィンは怒って当然だと苦笑した。

「まぁアシュレイは、我が国では神にも等しく尊敬されているが、あの戦争で痛い目に遭ったカザフ王国やサリン王国やバルト王国ではひどく恐れられている。そこは見方の違いだと、無視するのだな。それより攻め込む理由を正当化している所などをよく読んで、カザフ王国の国民の考えを理解しなさい」

カザフ王国でのアシュレイの悪評《あくひょう》にうんざりして一旦読むのを止めたフィンは、足元のウィニーと遊んで気晴らしを始める。

『春になったら、ファビアンの卵からチビ竜が孵るからね。ウィニーは色々と教えてあげるんだよ』

大型犬程の大きさに成長したウィニーはフィンと暖炉前で遊んでいたが、チビ竜が孵ると聞いて金色の目を少し輝かせて真面目に頷いた。

『楽しみにしているんだ！』

そろそろファビアンに、桜の妖精で卵が孵ると教えた方が良いのでは？　とフィンは師匠に尋ねる。

「カリン村の桜が咲くのは四月後半だから、もう少し経ったらファビアンに教えなさい。騎士志願《しがん》の彼なら、カリン村まで五日もかからないで行けるだろう。あまり早く知らせると、長い間留守にして、他の学生に気づかれるかもしれないからな」

ファビアンなら大きな街に配備してある早馬に頼らなくても、代え馬を用意して楽々とカリン村との行き来を出来そうだとフィンも頷いた。

「四月になったら、伝えます」

ルーベンスはチビ竜に会えるのを楽しみにしながら竪琴を爪弾き、フィンは苦手な古語で書かれているカザフ王国の歴史を読んだ。

四十二　フレデリック王の野望

シラス王国の西、カザフ王国の豪華《ごうか》な王宮の中では、質素に感じるほどの機能を重視した執務室で、フレデリック王は自ら政務《せいむ》を行っている。

大きな机には巨大化したカザフ王国の各地方、支配下の国からの報告書が入れてある箱と、処理済みの書類が入れてある箱が置いてある。

この処理済みの書類をもとに、各大臣に命令が下されるのだ。

フレデリック王も高齢になり白髪になってはいたが、眼光は鋭い。

狡賢《ずるがしこ》く残酷《ざんこく》な銀狐《ぎんぎつね》は、自分の息子である王子すら信じず、政略結婚させた王女のうち何人かは他国を併合する際に犠牲にしてきた。

この執務室には、王が呼ばないと王族も大臣すらも入ることはできない。外の控えの間で、質問や命令が下るのを貴族達はじっと待っているのだ。

その執務室で、白髪混じりの金髪の男がフレデリック王から直々《じきじき》に命令を受けている。

「サリン王国の件は、ゲーリック、そなたに任せる。早急にベリエールに出向き、ジョージ王に私掠船《しりゃくせん》の許可を出させるのだ」

「承知いたしました」

ゲーリックは恭しく頭を下げた。

シラス王国を侵略するのに重要な役目を果たすはずだった遺体を失った時、自分の失敗を許してもらえるとは考えてもいなかった。王に拾い上げてもらう前の惨《みじ》めな生活に戻るのかと、意気消沈《いきしょうちん》して御前《ごぜん》にまかり出たのだ。

しかし「陸から攻めるのが難しくなったが、海から攻めれば良いだけだ」と失敗を寛大《かんだい》に許され、フレデリック王に心の底からの忠誠《ちゅうせい》を誓う。

その上、サリン王国での策略を新たに任されたと、意気揚々《いきようよう》と執務室を退室した。

「魔法使いごときが、フレデリック王の恩寵《おんちょう》を笠《かさ》に着て！」

控えの間で、フレデリック王と面会したいと群《むら》がっている貴族達から、軽蔑《けいべつ》と嫉妬《しっと》の視線が投げかけられる。

コソコソと悪口を囁く貴族に、今に見ていろ！　と内心で毒づきながらも、笑顔でお辞儀をする余裕すらある。

こんな馬鹿どもと争う時間すらもったいないと、足早に王宮を辞した。

内陸にあるロイマールから海路《かいろ》でサリン王国へ向かっているゲーリックは、まだシラス王国の上級魔法使いの弟子がケリンの息子だとは知らない。

まして、失ったと思った遺体は彼らが取り返したのだと知ったら、サリン王国へ行く船の上で鼻歌など歌っていられなかっただろう。

フレデリック王の触手《しょくしゅ》がサリン王国に伸び、その影響をもろに受けた少女がいた。

「ミランダ、そなたはサリン王国のチャールズ王子と結婚するのだ」

父王に忘れさられたかと思っていたミランダは、突然呼び出されると結婚を告げられた。

側室《そくしつ》が生んだとはいえ王女なので、いずれは政略結婚させられると覚悟していたため、フレデリック王に言い返しはせず、黙って頭を下げる。

フレデリック王はすぐに他の政策に興味を移した。そんな自分を見つめる娘の茶色の瞳が、反抗的に光っていることに気づかなかい。

(父上には駒《こま》にすぎないのだわ。それも簡単に捨てられる駒！　姉上みたいに見捨てられるのは御免よ)

ミランダは王宮の片隅《かたすみ》にある自室に戻り、手札《てふだ》を切った。

何度占《うらな》い直しても同じカードが出る。

「また死神のカードだわ……やはり、チャールズ王子との婚礼は避けなければ！」

瞳に仄暗《ほのぐら》い炎を燃やした少女は、自分の命を父王の旧帝国を復活させるという雄大《ゆうだい》な夢の供物《くもつ》にはされたくないと、真剣に王宮からの脱出の道を探る。

しかし、今までは身分の低い側室が生んだ姫として放置されていたのに、サリン王国の王太子との婚礼が決まってからは、何人もの侍女《じじょ》が側に張り付いているし、ドレスの試着などもあって機会はなかなか得られなかった。

「このままじゃ、母上と同じになってしまうわ……死神のカードが出ていたのに、王宮から逃げ出さなかったから……」

ミランダは、サリン王国への道中に逃げ出す機会があれば、シラス王国に亡命《ぼうめい》しようと考えた。何故なら、ミランダは母親から魔法使いの血を受け継いでいたからだ。

カザフ王国では魔法使いは汚れ仕事をする低い身分とされていたので、ミランダはこのことは秘密にしていた。

「魔法使いが優遇されるシラス王国なら、私が生き延びることもできるわ。それに、あの国なら父上の手も届かないでしょう！」

王宮育ちのミランダは物事を単純に考えていたが、カザフ王国のフレデリック王の野望の前に立ち塞がるシラス王国は敵国なのだった。

「クシュン！」

カザフ王国の古語で書かれた歴史書を苦労して読んでいたフィンは、何やら背中に寒気《さむけ》を感じてくしゃみをした。

「フィン？　風邪《かぜ》でも引いたのか？」

「風邪は引いてないと思いますけど……きっと誰かが俺の噂をしているんだ。ねぇ、師匠？　歴史書を読むばかりがカザフ王国を知る手段では無いと思うんですけど」

苦手な古語に音《ね》を上げた弟子が何を考えているのかぐらいは、指導経験の浅いルーベンスにも見え見えだ。

「フィン！　あの白髪混じりの金髪の男を捕まえにカザフ王国へ潜入するなど百年早いわ！」

そう叱りつけたものの、自分の父親の死の真相を知りたいのも無理は無いと、少し同情する。

しかし敵国のカザフ王国へはそうそう潜入調査などできない。

まして去年の夏至祭にケリンの遺体を取り返した件で、あの男も警戒しているだろうから、フィンを近づけるつもりは無かった。

「お前も書物を読んでばかりでは気が塞ぐだろう。ほら、気晴らしにこの楽曲を練習しなさい」

フィンは、不満そうに唇を尖がらせて楽譜を受け取る。

「師匠にとっては気晴らしでも、俺には……えっ、この曲は？　もしかして、今年の夏休みは……」

ルーベンスは下手なサリン王国の民謡《みんよう》演奏を聞きながら、どうにかしてフレデリック王の野望を阻止したいと考えていた。

「ええぃ！　この下手糞！　全く考えが纏まらないではないか！」

「だって、初めて弾《ひ》く曲だから……」

あまりの下手さに拳骨《げんこつ》をもらったフィンの上級魔法使いへの道は、まだまだ遠い。

そしてその先には、巨大なカザフ王国が立ち塞がっているのだった。

あとがき

この度は、文庫版『魔法学校の落ちこぼれ2』をお手に取ってくださり、ありがとうございます。作者の梨香です。

さて、二巻は魔法学校に入学した主人公のフィンが初等科の二年生に進級し、アシュレイが託した竜の卵を孵して育てていくお話です。フィンはこの可愛い子竜をウィニーと名付け、大事なパートナーとして共に成長していきます。もともと私は竜が大好きなので、彼らの様子を描くのはとても楽しかったです。

中でも、ウィニーのトイレの躾けをどうするか？　この問題については、フィンにも頭を悩ませてもらいました。そもそも竜にトイレの躾けが必要なのかという議論はさておき、魔法学校でフィンと共生するためには避けては通れない道ですよね。野生の竜ならともかく、子竜が餌を食べるということは必然的に出る、わけですから。

また、私はウィニーをずっとフィンの側に置いておきたかったため、日々大きくなる子竜の身体のことを想像した時にも、あれこれと首を捻りました。流石に寮の部屋でずっと同居し続けるのは難しくなり、ゆくゆくは竜舎で暮らすことになるのですが、大空を飛ぶ竜の雄姿も書くことができて個人的には満足しております。

そのほか今巻の見所は、守護魔法使いのルーベンスとその弟子のフィンが、シラス王国の脅威である西の大国・カザフ王国への対抗策を練らんとして吟遊詩人に扮しながら国中を巡るシーンでしょう。フィンはその旅の途上で、不可解《ふかかい》な父親の死に疑問を抱きます。これまで不慮《ふりょ》の事故により出稼ぎ先で亡くなったと言われていた父親の死の真相が揺らぐ出来事に遭遇《そうぐう》するのです。ルーベンスはフィンに、父親が生きているのではないかと尋ねます。しかし、優れた感受性を持つフィンは父親の死を認識していたことから、余計にその死の謎《なぞ》が深まる展開へと物語は進んでいくのです。

こうして密《ひそ》かに隣国への潜入を企《くわだ》てることになった二人。彼らは、そこでさらなる衝撃的な事実を目撃することになるのですが、その中身については是非、本編にてお確かめください。

シラス王国を取り巻く情勢が厳しさを増す中、宿敵《しゅくてき》の存在を知ったフィンは、はたして今後どのような成長を遂《と》げていくのでしょうか。フィンの身を案ずるルーベンスの懸念《けねん》を余所《よそ》に、竜という新しい仲間も加わって、物語はいよいよ佳境《かきょう》へと突入していきます。

それでは皆様、三巻のあとがきでもお会いできれば幸いです。

二〇一九年十二月　梨香

ネットで人気爆発作品が続々文庫化！

アルファライト文庫 大好評発売中!!

あらゆる毒を使い、武器の扱いも達人級！

薬師無双の世直し旅！

転生薬師は異世界を巡る 1

山川イブキ *Ibuki Yamakawa* illustration れいた

回復薬に麻痺薬に身体強化薬――。
最強薬師の戦い方は、超えぐい！

日本でサラリーマンをしていた藤堂勇樹《とうどうゆうき》は、神様から頼まれて異世界に転生することになった。そして現在、彼は前世の知識を活かしつつ、シンという名前で高性能な薬を自作しながら、旅する薬師として生きていた。ところが、その薬の有用さに目をつけられ、とある国の陰謀に巻き込まれてしまう――。ネットで大人気の異世界ケミストファンタジー、待望の文庫化！

文庫判 定価：本体610円+税 ISBN：978-4-434-26753-6

アルファライト文庫

この作品に対する皆様のご意見・ご感想をお待ちしております。

おハガキ・お手紙は以下の宛先にお送りください。

【宛先】

〒150-6008 東京都渋谷区恵比寿 4-20-3 恵比寿ｶﾞｰﾃﾞﾝﾌﾟﾚｲｽﾀﾜｰ 8F
(株) アルファポリス　書籍感想係

メールフォームでのご意見・ご感想は右のＱＲコードから、
あるいは以下のワードで検索をかけてください。

アルファポリス　書籍の感想　検索

ご感想はこちらから

本書は、2017 年 4 月当社より単行本として
刊行されたものを文庫化したものです。

魔《ま》法《ほう》学《がっ》校《こう》の落《お》ちこぼれ 2

梨香（りか）

2020年 2月 28日初版発行

文庫編集－中野大樹／篠木歩
編集長－太田鉄平
発行者－梶本雄介
発行所－株式会社アルファポリス
〒150-6008東京都渋谷区恵比寿4-20-3恵比寿ガーデンプレイスタワー8F
TEL 03-6277-1601（営業） 03-6277-1602（編集）
URL https://www.alphapolis.co.jp/
発売元－株式会社星雲社（共同出版社・流通責任出版社）
〒112-0005東京都文京区水道1-3-30
TEL 03-3868-3275
装丁・本文イラスト－chibi
文庫デザイン—AFTERGLOW
（レーベルフォーマットデザイン－ansyyqdesign）
印刷－株式会社暁印刷

価格はカバーに表示されてあります。

落丁乱丁の場合はアルファポリスまでご連絡ください。

送料は小社負担でお取り替えします。


ISBN978-4-434-27044-4 C0193